L'ESPOIR DU HÉROS

NOËL À HEART FALLS
TOME 3

VIVIAN AREND

Ceci est une œuvre de fiction. Les noms, les personnages, les lieux et les incidents sont le produit de l'imagination de l'auteur ou sont employés de manière fictive, et toute ressemblance à des personnes, existant ou ayant existé, des entreprises, des événements ou des lieux ne serait qu'une coïncidence.

AUCUNE FORMATION À L'IA : Sans limiter en aucune manière les droits exclusifs de l'auteur [et de l'éditeur] en vertu du droit d'auteur, toute utilisation de cette publication pour « entraîner » les technologies d'intelligence artificielle (IA) générative pour générer du texte est expressément interdite. L'auteur se réserve tous les droits de licence d'utilisation de ce travail pour la formation à l'IA générative et le développement de modèles de langage d'apprentissage automatique.

A Hero's Christmas Hope / L'Espoir du héros
Copyright © 2024 par Arend Publishing Inc.
e-Book ISBN : 978-1-990674-93-8
Broché ISBN: 978-1-990674-94-5
Correction de la version originale par Manuela Velasco
Relecture de la version originale par Angie Ramey & Linda Levy
Traduit par Myriam Abbas et Valentin Translation
Conception de la couverture © Damonza

Ce livre a été écrit pendant une période difficile de notre histoire commune : des confinements, des manifestations, des familles séparées pour une multitude de raisons.

La vie n'est plus pareille... pourtant nous surmonterons ça.

Peut-être que vos traditions festives sont tombées à l'eau. Tandis que nous acceptons notre chagrin, commémorons cette occasion de créer de nouvelles traditions qui seront encore plus belles. Abandonnez ce qui n'est utile ni à vous, ni à ceux qui vous sont chers. Trouvez de nouvelles manières de partager votre joie.

La magie des fêtes peut provoquer des choses incroyables.

1

____

1ᵉʳ décembre, quelque part sur la nationale 22x, Alberta

Madison Joy monta le volume juste au moment où le solo de batterie commençait. Le son grave et profond résonna à travers l'intérieur de sa voiture. Elle remua fermement la tête et dansa sur son siège tout en résistant à l'impulsion de jouer sur une batterie imaginaire.

Aussi amusant que cela aurait été de manier des baguettes invisibles, les ténèbres étaient tombées des heures plus tôt, et avec l'état douteux de la route en hiver, avoir les deux mains sur le volant était une idée bien plus intelligente.

Elle donna libre cours à son envie de bouger en continuant à se tortiller avec enthousiasme. Elle jeta un coup d'œil à l'heure estimée d'arrivée sur le GPS.

— Youpi. Voyez-vous ça. « À moins de vingt minutes de votre destination ».

Deux faisceaux de lumière apparurent au-dessus de la colline alors qu'une camionnette fonçait vers elle. Ils passèrent des pleins phares aux feux de route avec une seconde de retard, et les larmes montèrent aux yeux de Madison, qui les plissa pour lutter contre l'éblouissement.

Conduire la nuit n'avait jamais été son truc. Ou peut-être qu'elle atteignait simplement ses limites de la journée. Étant donné que le trajet entre Vancouver et Heart Falls durait treize heures, elle avait pris la route très tôt ce matin-là.

Malgré tout, un livre audio entier et un tas de chansons l'avaient aidée à passer le temps, et maintenant elle se rapprochait de la prochaine étape importante de sa nouvelle aventure.

Madison baissa la musique et soupira joyeusement alors qu'elle se détendait sur son siège. Dix ans plus tôt, son éducation universitaire avait été écourtée lorsque son père avait été tué dans un accident et que sa mère était tombée dans une sombre et profonde dépression. Avec deux frères beaucoup plus jeunes qui risquaient d'être confiés aux services sociaux, Madison était intervenue et avait pris le relais pour les élever.

Elle ne l'avait jamais regretté, mais maintenant qu'ils étaient adultes et que sa mère allait mieux, il était temps de passer à autre chose.

Son téléphone sonna, et elle appuya sur *Décrocher par Bluetooth*.

— Je te manque ? demanda-t-elle à Petit Frère Numéro Un.

— Jamais de la vie.

À dix-huit ans, Joe avait une voix qui retrouvait encore parfois dans l'innocence de la jeunesse.

— Puisque tu m'as dit de ne pas t'envoyer de texto pendant que tu conduisais, j'ai dû t'appeler. Où as-tu caché la machine à pop-corn ?

— Oh, alors tu peux vivre sans moi mais pas sans ton pop-corn ?

— Tu l'as dit bouffi, acquiesça-t-il.

Madison ricana en entendant la voix de sa mère à l'arrière.

— Joseph Maxwell Joy, on n'est pas impoli dans cette maison.

— Ouais, Joseph. Pas d'impolitesse, le taquina Madison.

Il se mit à rire.

— Tu as des idées pour la machine, Maddy ?

— Essaie le placard dans le hall, suggéra-t-elle. Qu'est-ce que vous regardez ce soir ?

— Kyle veut démarrer un marathon du *Seigneur des Anneaux.*

— Encore ? Et un mardi soir ?

Seigneur.

— Eh bien, continua-t-elle, heureusement je ne suis pas là pour être obligée de me joindre à vous.

— Mais tu l'aurais totalement fait, et tu aurais fini par réciter tous les dialogues de Gandalf mot à mot, alors merci de ne pas être là et de nous faire assister à ça. *Encore.*

— Sale gosse.

— J'ai trouvé la machine. Dans le placard de devant.

Joe baissa la voix :

— Et ne le dis à personne d'autre, mais tu me manques. Mais nous sommes tous contents que tu sois partie... non seulement parce que je reprends ta chambre, mais parce que tu mérites de t'amuser.

— Ouais, traverser le Canada en voiture, ça va être l'éclate, répondit-elle d'une voix traînante. La province du Saskatchewan sera palpitante.

— Qui est une sale gosse maintenant ?

Elle se mit à rire.

— Embrasse maman pour moi, donne un coup de poing à Kyle de ma part, et rappelle-moi, mais pas avant demain. Bon sang, tu es démuni sans moi.

— Je t'aime, Mad.

Il raccrocha, la laissant avec une réconfortante lueur de bonheur.

Elle pouvait imaginer l'activité chez elle. Sa mère avait à l'évidence fait venir le deuxième de ses jumeaux de dix-huit ans pour l'aider à ranger après le dîner. Joe préparerait une énorme fournée de pop-corn, et ils se rassembleraient tous autour de la télé. Des jambes d'adolescents incroyablement longues seraient appuyées sur la table basse. Les odeurs de beurre et de sel planeraient dans l'air, et le volume du film serait assez fort pour faire trembler les murs.

Chez elle.

Madison avait peut-être taquiné Joe sur le fait qu'elle lui manquait déjà, mais la vérité était que le nœud dans son ventre annonçait que c'était elle qui se sentait exclue. C'était une chose étrange et affreuse, puisqu'elle se sentait aussi heureuse et excitée.

Les émotions, c'était tellement compliqué !

Pendant qu'elle parlait à Joe, la légère couche de neige s'était épaissie. D'énormes flocons filaient devant son pare-brise, apparaissant dans les phares et floutant la route devant elle.

Elle se surprit à soupirer, le son se transformant en quelque chose entre un hoquet et un rire. C'était le moment pour un discours d'encouragement.

— Tu vas voir un de tes meilleurs amis au monde, et tu as encore tout un mois avant de commencer ton nouveau boulot. Vue d'ici, la vie se présente bien.

En bonus, son GPS annonça qu'elle se rapprochait de sa destination finale.

Elle n'était jamais allée chez Ryan à Heart Falls, mais elle était sûre d'y être la bienvenue. Ils avaient peut-être perdu le contact ces dernières années, mais leur amitié était solide comme le roc. Des amis éternels, voilà ce qu'ils étaient.

Ils se l'étaient juré avec leur annulaire quand ils avaient douze ans.

Malgré tout, elle avait réservé dans un motel pour deux semaines afin de lui rendre visite pendant les moments de loisir qu'il pourrait lui accorder. Elle n'avait pas voulu lui annoncer qu'elle venait, au cas où elle aurait dû annuler à la dernière minute.

Quelque chose sur le siège arrière commença à vibrer. Ou plutôt, quelque chose à l'intérieur d'un des cartons empilés sur son siège arrière. Elle n'avait jamais été du genre à accumuler. Il ne lui avait pas fallu longtemps pour emballer tout ce qu'elle possédait dans la voiture, et il lui restait de la place. Et une de ces possessions s'excitait maintenant bruyamment.

Madison tendit la main derrière elle pour taper à l'aveuglette sur le carton dans l'espoir que ça s'arrête.

Bien sûr, à l'instant où elle détourna légèrement son attention de la route, elle rata le panneau annonçant le virage sur la droite qu'elle était censée prendre.

Heart Falls était suffisamment petite pour qu'il n'y ait pas de lampadaires aussi loin du centre-ville. Madison était coincée sur une petite bande de chaussée étroite qui semblait tourner le long des silhouettes sombres des bâtiments sur sa droite. Rien n'était visible sur sa gauche en dehors de champs dégagés et, au loin, des contours sombres des montagnes Rocheuses.

— Veuillez faire demi-tour, indiqua son GPS de sa familière voix nasillarde.

Habituellement, avoir Yoda comme copilote l'amusait, mais en cet instant, Madison aurait simplement aimé arriver, merci bien.

Elle ralentit, chercha un endroit où faire demi-tour, et ses roues patinèrent. Elle braqua, sans que son véhicule réagisse. Elle appuya sur les freins, mais rien.

Le mouvement vers l'avant continua, la voiture glissa

davantage sur la droite, et Madison jura. Elle n'allait pas pouvoir rectifier le tir à temps. Elle appuya les deux mains sur le volant tandis que son pneu avant côté passager touchait le bas-côté et que son véhicule quittait la nationale.

Alors que sa voiture cahotait follement sur le sol irrégulier, Madison dirigea le volant d'un côté à l'autre, guidant sa descente du mieux qu'elle pouvait. Une douce glissade lui semblait préférable à une chute directe. Heureusement, il n'y avait pas d'arbres ni d'énormes rochers sur son chemin. En tout cas, aucun qu'elle puisse voir dans l'éclairage limité offert par ses phares.

Une clôture en fil de fer apparut, offrant à peine de résistance lorsque sa Honda Civic la percuta. Les barbelés cassèrent net et, relâchés, griffèrent la peinture de la voiture comme des ongles sur un tableau noir.

Lorsque le véhicule se fut brusquement arrêté, Madison reprit son souffle. En dehors de son cœur qui battait dans ses oreilles assez fort pour la rendre sourde, tout, y compris elle, semblait être en un seul morceau.

Elle s'appuya contre son siège et essaya de se calmer...

L'airbag du volant se déclencha et la frappa d'un coup, lui arrachant un cri alors que la douleur la gagnait.

Au temps pour la chance qui continuait à lui sourire.

Sur la nationale, Ryan Zhao gara sa camionnette sur le bord de la route, mordant l'asphalte aussi peu que possible et enclencha les feux de détresse. Le vent faillit arracher sa portière du châssis et les cristaux de neige lui giflèrent la peau alors qu'il traversait rapidement mais prudemment la route, puis le bas-côté.

La neige dansait devant sa lampe torche. Le vent glacé de

décembre lui coupait le souffle pendant qu'il avançait péniblement à travers l'herbe haute et sèche à peine touchée par les deux centimètres de neige récemment tombée.

Quel contraste ! Moins de trente minutes auparavant, tout était absolument calme, et il se trouvait en pleine contemplation silencieuse dans le cimetière de Heart Falls. Comme Talia, sa fille de dix ans, passait la nuit chez une amie, il avait pris la soirée pour réfléchir sérieusement.

Et même si son épouse, Justina, n'était pas enterrée dans le petit cimetière de la communauté, Ryan avait l'habitude d'y aller quand il voulait honorer sa mémoire, quand il avait besoin de réfléchir.

Quand il devait prendre des décisions.

Il avait quitté le cimetière avec un nouvel objectif en tête, mais tout ça avait été balayé tandis qu'il se concentrait sur le désastre potentiel duquel il approchait à grands pas.

Les feux arrière rouges de la voiture devant lui disparurent alors que le moteur s'arrêtait, et Ryan pressa le pas. Il tapota sa poche pour s'assurer que son téléphone était toujours là. En tant que coordinateur de la brigade des sapeurs-pompiers volontaires de Heart Falls, il était une des personnes les plus aptes à agir en tant que premier intervenant sur les lieux.

Malgré tout, quelle que soit sa formation, la vue d'une empreinte de main ensanglantée contre la vitre conducteur envoya une décharge d'adrénaline à travers son corps. Il regarda à l'intérieur et repéra une seule silhouette, avachie derrière le volant, immobile.

— Hé ! Je suis là pour vous aider. Je vais ouvrir la portière... ne bougez pas.

Une femme grogna bruyamment puis jura lorsque le vent glacial pénétra dans l'espace passager.

— Bon sang, ça m'a fait un mal de chien.

L'airbag déployé était un indice, mais Ryan n'allait pas faire de suppositions. Il posa une main sur l'épaule de la femme pour la maintenir en place.

— Une minute, ne bougez pas. Il faut nous assurer qu'il n'y a aucun risque à vous sortir de là.

— Ryan ?

Sa voix semblait bien trop familière, et le fait qu'elle connaisse son prénom voulait dire qu'il devait la regarder de plus près. Mais d'abord...

— *Ne bougez pas* ça veut dire pas même votre tête. Vous avez eu un accident de voiture. Vous pourriez avoir une blessure au cou.

— Je ne suis pas blessée, assura-t-elle. Mais nom d'un chien, cet airbag est costaud. J'ai l'impression qu'on m'a déchaussé les dents. Est-ce que mon poignet est encore attaché à mon bras ? Mes doigts sont gourds.

Il s'assura que la voiture était stable avant toute autre chose. Elle était solidement calée, alors il se pencha pour examiner rapidement le cou et les épaules de la femme. Cela le plaça face à face avec un nez qui saignait, des cheveux auburn, et deux yeux familiers d'un vert vif.

— Qu'est-ce que tu fais ici, Madison Joy ? demanda Ryan sans vraiment attendre de réponse, mais elle en donna une quand même.

— Je saigne ?

Elle passa la langue sur ses dents.

— *Hourra* pour les systèmes de sécurité, mais bon sang, j'ai mal au nez.

Sa voix était devenue nasillarde alors que le gonflement des airbags s'accentuait. Ryan regarda l'intérieur du véhicule, mais l'absence d'autres dégâts, plus la position de la voiture, semblait aller dans le sens de son affirmation, elle n'avait pas été blessée dans l'impact.

— On va défaire ta ceinture de sécurité et te sortir de là.

— Mon héros, marmonna Madison. Recule un peu pour que je puisse sortir les jambes. Puis tu pourras m'aider autant que tu veux.

Les restes en lambeaux de l'airbag furent écartés, et Madison se tourna vers Ryan avec un grognement. Elle lui tendit la main droite, plaçant prudemment la gauche contre sa poitrine, et un instant plus tard, elle était debout, le bras de Ryan autour de son dos.

Elle chancela un instant, mais il assura son équilibre jusqu'à ce qu'elle lui tapote le bras.

— Juste un peu la tête qui tourne. Honnêtement, rien ne me fait vraiment mal, sauf que je ne peux pas inspirer profondément. Et on dirait que mon poignet a été piétiné par un éléphant. Ils ne mentaient pas quand ils disaient que ces fichus airbags peuvent être aussi dangereux qu'avoir un accident sans.

— Je ne pense pas que ton nez soit cassé, lui dit Ryan. Mais nous allons le faire examiner aux urgences. Ton poignet aussi. Les bras et les poignets sont les autres parties du corps qui sont habituellement atteintes.

Elle émit un son moqueur puis grogna.

— Aïe. Rappelle-moi de ne pas recommencer.

Elle se toucha le nez avec précaution, puis tenta précautionneusement de se contorsionner de nouveau.

— Je pense que mes côtes, ça va. Les seins, d'un autre côté, sont plutôt sensibles. Comme après avoir été bien tripotés.

Ce fut au tour de Ryan de ricaner. Il la guida sur le talus en direction de sa camionnette.

— Je te crois sur parole.

— Hé, bien se faire tripoter peut être très amusant, insista Madison. Bécoter un airbag, un peu moins.

Le vent hurlait désormais, mais Ryan prit son temps. Il l'amena sans risque du côté passager de sa camionnette, puis la fit monter sur le siège. Il boucla sa ceinture avant de fermer la portière.

Quand il se glissa derrière le volant, Madison avait abaissé le pare-soleil, ouvert le miroir et allumé pour examiner son visage.

— Eh bien, merde !

Elle se tourna vers lui, sa peau pâle presque grise sous la faible lumière du plafonnier. Du sang qui avait coulé de son nez s'était étalé sur ses joues, lui conférant une apparence plutôt sanglante. Malgré tout, elle réussit à sourire et, d'une voix guillerette, annonça :

— Salut, Ryan. Je suis venue te voir.

— Sérieusement ?

— J'aurais bien appelé, mais alors ça n'aurait pas été une surprise.

Elle fit une horrible grimace, remua la mâchoire avant de lever la main pour revérifier ses dents de devant. Elle lui lança un coup d'œil.

— Tu es surpris ?

— Un peu. Beaucoup, répondit Ryan en s'engageant prudemment sur la nationale. À l'hôpital ?

Elle inspira profondément, puis se tortilla sur son siège.

— Je suppose que tu as toujours un brevet de premiers secours. Moi aussi. Je n'ai *pas* de côtes cassées. Le nez, sans doute pas non plus. Tout le reste se résume à quelques bleus et un shoot d'adrénaline, à ce stade. Fichu airbag, ronchonna-t-elle avant de lui jeter un nouveau coup d'œil. Évite l'hôpital. Emmène-moi juste à mon motel. Je vais me débarbouiller pour ne pas effrayer ta fille.

— Tu ne séjournes pas dans un motel.

Ce n'était pas une question.

— J'ai une chambre d'amis chez moi. Tu ne feras pas peur à Talia une fois que tu n'auras plus l'air d'avoir fait dix rounds dans un ring. De plus, elle n'est pas à la maison ce soir, alors tu as le temps de prendre une douche.

— Et voilà. Ça veut dire que je vais enfin voir ton doux foyer ici à Heart Falls.

Elle se détendit sur son siège, faisant toujours de petits mouvements d'étirements et grognant en bougeant.

— J'étais à deux doigts d'y arriver en un seul morceau.

— Nous nous occuperons de ta voiture demain, promit-il avant de lancer un coup d'œil sur le côté. Ça va sinon ? Enfin, y a-t-il une raison pour ta visite surprise, en dehors de la curiosité ou du bon vieux temps ?

Elle prit une profonde inspiration et la laissa sortir lentement.

— C'est surtout une visite parce que tu es mon ami et que tu me manques. Et nous avons dit que n'importe quand, n'importe où, nous pourrions venir nous voir.

Elle manigançait quelque chose.

— Nous avons bien dit ça, acquiesça Ryan. Crache le morceau, Maddy. Qu'est-ce qui t'a envoyée à moi, la voiture remplie de tout ce que tu possèdes ?

— Un changement de situation, admit-elle. Je te raconterai le reste après avoir nettoyé le sang. Mais ce n'est rien d'affreux, je te le promets.

Ce qui voulait dire que Ryan pouvait se détendre un peu, parce que la seule chose que Madison n'avait jamais faite, c'était lui mentir. Alors, quels que soient les trucs bizarres qui s'étaient passés pour la ramener dans son monde sans crier gare, ce n'était pas terrible.

Cela voulait dire qu'il pouvait se concentrer sur sa conduite pour le court trajet jusque chez lui, à la périphérie de Heart Falls.

Madison Joy. Sa meilleure amie pendant le collège et le lycée. Bon sang, sa meilleure amie pendant les deux premières années d'université, avant qu'elle ne doive soudain quitter les cours. C'était elle qui l'avait présenté à son épouse, Justina.

Madison n'avait peut-être pas été très présente pendant les dix dernières années, mais ils avaient gardé plus ou moins contact. L'avoir de nouveau près de lui semblait étonnamment approprié.

Ryan tourna dans son allée.

Madison se pencha en avant pour regarder la silhouette de sa maison, essentiellement plongée dans l'obscurité.

— C'est mignon, pour ce que je peux en voir.

Il gara la camionnette devant le garage et fit un geste vers l'entrée.

— Viens. Allons vérifier les dégâts pour que tu puisses te débarbouiller.

2

———

Ryan la mena dans une cuisine très bien rangée avec un petit îlot en face de la cuisinière, avec une fenêtre au-dessus de l'évier qui donnait sur les ténèbres. À quelques pas sur la droite, quatre chaises étaient poussées sous une petite table en bois, et toute la cuisine était un méli-mélo de bois de couleur miel.

Il marqua une pause devant l'évier, mouilla un tissu avant de le lui tendre.

— Tiens. Ça devrait être agréable avant que je ne commence à vérifier que le reste de ton corps n'est que tordu, pas cassé.

Madison grogna alors que la chaleur du tissu doux faisait picoter ses extrémités nerveuses.

— Ce n'est pas agréable, c'est fantastique.

Ryan lui laissa un instant pour se débarbouiller. Une fois qu'elle eut utilisé le tissu une demi-douzaine de reprises, après l'avoir nettoyé puis essoré chaque fois, il l'examina rapidement et efficacement. Il lui manipula les doigts, les épaules et les bras, puis vérifia ses jambes et ses hanches sans esquisser le moindre sourire. Son examen concentré donna à Madison le temps de le regarder et de rester bouche bée : il était magnifiquement distingué.

L'avoir comme meilleur ami pendant toutes ces années avait été comme traîner avec une star de cinéma. Les filles se retournaient sur lui, le dévorant des yeux ou flirtant follement si elles en avaient l'occasion. Madison ne leur en voulait pas du tout.

Ses cheveux bruns étaient un tout petit peu plus longs que dans ses souvenirs, les mèches d'un noir bleuté légèrement bouclées derrière ses oreilles. Ses yeux marron foncé se concentraient attentivement alors qu'il examinait ses pupilles, la lampe dans sa main la faisant larmoyer jusqu'à ce qu'elle soit forcée de cligner des yeux.

— Merci. Maintenant je vois des étoiles, dit Madison, faisant semblant de se plaindre.

— Tu pourrais bien voir des étoiles à travers deux yeux au beurre noir d'ici à demain matin, l'avertit-il. Mais ton nez n'est pas cassé, et ton poignet non plus.

Il retira son pull et l'étendit sur le dossier de la chaise de cuisine près de lui. Il recula pour remonter les manches de sa chemise, et Madison marqua une pause alors qu'elle essuyait les restes de sang sur ses poignets avec le tissu chaud.

Les avant-bras de Ryan se déplaçaient dans une danse hypnotique, les muscles dessous ondulaient sous une peau ferme et cuivrée. Malgré la douleur toujours lancinante dans diverses parties de son corps, la vue de ces avant-bras était plus efficace que n'importe quel médicament.

— Je vais examiner tes côtes, la prévint Ryan en s'avançant derrière elle. Ça te va ?

Elle lança le tissu dans l'évier, puis tendit les bras sur les côtés.

— Fais de ton mieux.

— Dis-moi si je te fais mal.

Il posa les deux mains sur ses hanches. Lentement, il remonta, appuyant doucement alors qu'il se déplaçait sur sa taille, la base de ses côtes, puis plus haut.

Ses pouces frôlèrent ses aisselles et elle lutta pour s'empêcher de remuer.

Ryan se figea.

— Est-ce que ça t'a fait mal ?

— Ça chatouille, dit-elle précipitamment.

Elle n'allait pas mentionner qu'elle était en feu parce que ses mains étaient posées sur elle. Elle ne manquait pas à ce point de contact...

Qui croyait-elle tromper ? Cela faisait si longtemps que personne d'autre ne l'avait touchée, en dehors d'étreintes familiales platoniques.

Ryan était un mur de chaleur derrière elle, une main sur l'avant de sa cage thoracique, l'autre sur son dos.

— Inspire profondément, ordonna-t-il.

Elle inspira, et il appuya. Les points de douleur étaient sensibles, mais loin d'être inquiétants.

— Les côtes vont bien, dit-elle. Ce que je sens, ce sont des muscles froissés. Certainement contusionnés.

— Encore une vérification.

Il changea de position pour tester l'autre côté, mais Madison fut ravie de le devancer avec le même rapport.

— Les côtes, ça va. Mais je parie que nous pourrons jouer à relier les points de mes bleus dans un jour ou deux et découvrir de toutes nouvelles constellations.

— J'ai de la crème d'arnica quelque part, promit-il. O.K., tu es libre d'aller te laver. Viens. Tu te sentiras mieux une fois que tu auras nettoyé le sang.

Ils se traversèrent la maison trop vite pour qu'elle puisse admirer le reste, mais la salle de bains dans laquelle il la guida avait de quoi l'occuper. Ryan pointa du doigt le placard de l'autre côté de la pièce.

— Le nécessaire est là-dedans. Tu trouveras une brosse à dents et tout ce dont tu as besoin. Oh, et attends une seconde.

Il quitta la pièce mais fut de retour avant qu'elle n'ait eu le temps de faire autre chose que de tourner le robinet dans la douche pour que l'eau commence à chauffer. Il posa une pile de vêtements près du lavabo, puis lui lança un grand sourire.

— Nous irons chercher le reste de tes affaires plus tard, mais pour l'instant, ça suffira.

— Merci, dit-elle sincèrement. Pour tout. Ce n'était pas l'arrivée en fanfare que j'espérais faire.

— Les amis sont toujours les bienvenus, lui assura Ryan. Et les vieux amis, c'est toujours un grand plaisir de les voir, arrivée en fanfare ou pas.

Il fit un geste vers la douche, où la buée commençait à monter.

— Fais-toi plaisir. Je vais préparer à manger pour quand tu auras terminé, et nous pourrons nous raconter les nouvelles.

Madison se tint sous le jet et laissa l'eau brûlante couler sur son visage. Son nez palpitait à un rythme sourd, et elle était d'accord, elle aurait certainement un peu les yeux au beurre noir, mais sinon, elle était à peu près indemne.

Elle ne s'en était peut-être pas sortie sans dommages, mais tout bien considéré, elle était heureuse d'avoir été aussi chanceuse.

Et maintenant, elle était là. Envahissant Ryan, avec toutes sortes de pensées qui lui traversaient l'esprit. Des pensées qu'elle n'était pas sûre d'avoir le droit d'avoir.

Il était encore plus attirant que dans ses souvenirs.

Madison reporta son attention sur le shampoing et le gel douche. Elle se frotta bien, puis se sécha avec la serviette criminellement douce que Ryan avait sortie pour elle.

Les vêtements qu'il avait laissés incluaient un débardeur ainsi qu'une chemise et un pantalon de survêtement qu'elle dut rouler plusieurs fois au niveau des chevilles pour ne pas marcher dessus.

Un rapide coup d'œil dans le miroir alors qu'elle se passait un peigne dans les cheveux lui annonça que les dégâts étaient moins graves qu'elle ne le craignait. Son nez n'était enflé que d'un tiers. Il n'y avait pas d'autres bleus sur son visage, même si certains apparaissaient déjà sur son torse, surtout à l'endroit où sa ceinture passait en travers.

L'odeur de quelque chose de salé et de savoureux la tira de la salle de bains et la ramena dans la cuisine.

— Oh mon Dieu ! As-tu préparé des ramens ?

Ryan lui lança un grand sourire par-dessus son épaule et servit du bouillon à la louche dans deux bols.

— Quel genre d'ami est-ce que je serais si je ne te préparais pas ton plat préféré ?

— Un ami qui ne s'attendait pas à ce que je lui tombe littéralement dessus.

Elle le rejoignit à la table, qui était déjà mise pour deux.

— Merci, ajouta-t-elle.

À côté d'elle, Ryan hocha la tête, puis ils se turent tous deux pendant un moment, le délicieux plat retenant toute l'attention de Madison. Elle en avait mangé plus de la moitié avant de se rendre compte qu'elle dévorait la nourriture comme un de ses frères adolescents.

Les yeux de Ryan dansaient d'amusement quand elle croisa son regard et lui déclara doucement :

— Oups ?

Il leva des nouilles tout en lui assurant :

— J'ai tout aussi faim que toi. Et la soupe est agréable quand on a froid à l'intérieur.

— Merci de m'avoir sauvée, dit-elle sincèrement. Je suis

vraiment contente que tu sois passé dans ce coin de la nationale à ce moment-là.

Ryan agita la main.

— Je suis très content que ton sauvetage n'ait pas inclus beaucoup plus qu'une rapide descente de la colline et une douche chaude.

Il regarda sa montre.

— Tu sais, il est suffisamment tôt pour que nous puissions récupérer tes affaires ce soir.

— Ce serait pratique. Ce n'est pas que je m'inquiète que quoi que ce soit de précieux disparaisse, mais ce serait bien que je puisse récupérer mes affaires.

Elle se souvint d'autre chose.

— Tu es sûr que je peux rester ici ce soir ?

— Ce soir et plus longtemps si tu veux. J'ai la place.

Ryan marqua une pause un instant.

— Il faut que tu...

— Je dois annuler mon motel, dit Madison au même moment, et ils se sourirent. Les grands esprits se rencontrent ?

— On dirait bien. Tu as ton téléphone ?

— Ouais. Donne-moi juste une minute.

Elle le sortit et appuya sur quelques boutons.

— Il est tard, continua-t-elle, alors je vais sans doute payer pour ce soir, mais au moins ils ne s'attendront pas à ce que je vienne.

Ryan se leva pour leur resservir du bouillon pendant que Madison discutait avec la femme du motel. Quand il eut rempli leurs bols, elle avait été intégralement remboursée et avait un nouveau sujet de plaisanterie .

Elle le pointa du doigt.

— Alors. Parle-moi de ta vie amoureuse.

Il s'arrêta alors qu'il avalait une nouille et s'étouffa presque avant de pouvoir parler.

— Pardon ?

D'après l'expression innocente de surprise sur son visage, ils auraient pu être encore au lycée et à l'université. Cet homme n'imaginait pas à quel point il était attirant.

Madison se renfonça sur sa chaise et sourit.

— Darla, du motel de Heart Falls, m'a dit qu'il n'y avait pas de problème pour annuler, mais est-ce que je pourrais dire à Ryan qu'elle s'est *vraimeeeent* bien amusée au quadrille le mois dernier ?

Ryan articula silencieusement le nom, la confusion plissant son front sévère.

— Je n'ai aucune idée de qui... Oh. Oh, *elle*.

— Le mystère s'épaissit.

Madison voulut tout savoir sur ce qui se passait dans la vie de son ami, qui, présumait-elle, après toutes ces années, impliquait sûrement une femme spéciale.

— Avec cette réponse, je suppose que ce n'est pas quelqu'un que tu vois régulièrement ?

Ryan haussa un sourcil.

— Oh si, je la vois régulièrement. Mon bar, le Rough Cut, est un lieu animé pour les célibataires de la région de Heart Falls. Ce qui veut dire tout le monde, en partant des ouvriers des ranchs du coin, pour passer par les équipes d'entretien de la nationale et les ouvriers des nouveaux champs de pétrole au sud, et jusqu'à tout plein de dames... dont quelques-unes sur la fin de la cinquantaine et d'autres qui ont la petite soixantaine.

— Ah, c'est un peu une Mrs Robinson.

Il s'appuya sur ses coudes et croisa son regard.

— J'ai pour principe de ne pas sortir avec quiconque d'assez âgé pour être ma mère.

Le ventre rempli d'un bon repas, son corps entier se réchauffait. Madison céda à sa curiosité et examina ce qu'elle pouvait voir de la maison.

Un étroit couloir longeait la cuisine et la salle à manger, menant aux chambres et à un salon avec un canapé et deux fauteuils. Une large table basse était placée au centre de l'espace confortable. Le mur en face de la porte d'entrée comportait un meuble informatique et deux hautes bibliothèques, l'une remplie de photos encadrées et l'autre de livres, de magazines et de boîtes de rangement ordonnées.

Deux cartons étiquetés *Décorations de Noël* étaient empilés sur un côté, sans doute prêts à servir.

Elle revint à la conversation.

— Je veux donner des nouvelles, mais nous pouvons aussi bien continuer sur ce sujet. Est-ce que tu sors avec quelqu'un ?

Ryan fit la grimace.

— Honnêtement ? Pas encore. Mais...

Il remua les quelques nouilles restantes dans son bol avec ses baguettes, fixant le bouillon du regard.

— Avant que je ne tombe sur toi en bas de la colline, j'étais au cimetière du coin. J'y vais quand je veux avoir du temps pour réfléchir. Ce soir, je venais de décider que j'étais peut-être prêt pour réessayer.

Il avait prononcé ces paroles avec une telle réticence que Madison ne put s'empêcher de poser une main sur son bras.

— C'est bien. Et tu n'as pas besoin de ma permission, mais je vais le dire quand même. Je sais à quel point tu aimais Justina, mais je suis presque sûre que c'est ce qu'elle voudrait pour toi.

Un énorme soupir échappa à Ryan.

— Elle me manque toujours.

— Bien sûr, dit Madison sincèrement. À moi aussi, et je n'étais qu'une amie. Elle était très spéciale.

Madison avait fait le calcul dans sa tête avant de venir ici. Elle avait été surprise de se rendre compte que cela faisait presque huit ans que l'épouse de Ryan était décédée de manière inattendue. Un anévrisme cérébral était apparu sans crier gare et l'avait rapidement emportée.

Pendant un instant, tous deux restèrent silencieux avant que Ryan ne pose une main sur celle de Madison et ne l'étreigne. Il lui lança un doux sourire.

— Désolé, c'était une manière déprimante d'anéantir des retrouvailles.

Madison émit un bruit de pet devant son ton contrit.

— Champion, peu importe que ça fasse des années que je ne t'ai pas vu en personne. Nous sommes amis à la vie à la mort. Les amis à la vie à la mort ne s'excusent jamais.

Il était facile de sourire avec Madison. Directe, terre à terre. Dans l'ensemble la même fille qu'il avait rencontrée ce premier jour d'été, quand elle avait grimpé par-dessus la clôture de derrière entre leurs jardins et qu'ils avaient promptement eu des problèmes.

Seulement, il fut forcé de rouler des yeux.

— Seigneur, je n'avais pas entendu ce surnom depuis une éternité.

— Champion ?

Le sourire de Madison devint positivement machiavélique.

— Vraiment ? Personne ici ne sait quel fauteur de troubles tu es ?

Ryan se redressa légèrement, délibérément froid et calculateur.

— Je te ferai savoir que je suis un membre intègre de la communauté. Membre de la chambre de commerce, chef d'équipe de la brigade des sapeurs-pompiers volontaires de Heart Falls.

— Propriétaire de bar, ajouta-t-elle en lui lançant un clin

d'œil. Non que je veuille t'embêter avec ça, mais je parie que certaines parmi les plus conservatrices agrippent leur collier de perles quand tu es dans le coin.

— Je suis aussi le vice-président de la banque alimentaire du coin. Nous avons pris la relève des églises locales parce qu'elles n'arrivaient pas à avoir assez de volontaires, avança Ryan d'un ton pince-sans-rire. Nous nous entendons pratiquement tous, dans cette ville. Il y a des moments où c'est plutôt rustique, et beaucoup d'affaires sont conclues sans rien d'autre qu'une poignée de main et un hochement de tête. Mais la vie suit un cours plutôt agréable.

Madison eut l'air pensive pendant un instant, puis hocha fermement la tête.

— Je suis contente pour toi. Ça paraît idyllique, un super endroit où élever un enfant.

Puis l'impatience se lut sur ses traits.

— Parle-moi de Talia. Elle doit être bien grande maintenant.

— Elle grandit si vite. Elle est incroyable. Dix ans, onze dans quelques semaines. Elle est en CM1, alors je peux encore l'aider avec ses devoirs.

Rien que la pensée de sa fille réveilla un point sensible de son cœur, empli de joie et d'appréhension. Tout ce qu'il faisait, c'était pour elle... pour la voir grandir et s'épanouir de la manière dont Justina et lui en avaient rêvé bien avant la naissance de Talia.

L'idée de décevoir sa fille l'effrayait en même temps qu'elle le motivait pour faire davantage d'efforts. Dernièrement, il était évident que Talia était à l'aube du changement qui ferait de la fillette une adolescente, et il y avait tant d'embûches potentielles sur le chemin qui l'attendait qu'il ne savait pas comment il allait réussir.

Il ne s'était pas rendu compte qu'il s'était perdu dans ses

pensées jusqu'à ce que son bol et ses baguettes lui soient retirés. Madison lui lança un clin d'œil alors qu'elle allait vers l'évier pour faire la vaisselle.

Il se joignit à elle.

— Désolé. À l'évidence, j'ai perdu la main pour parler entre amis.

— Eh bien, continuons à nous entraîner pour que tu te rappelles comment ça marche.

Madison le poussa sur le côté et se plaça devant l'évier.

— Tu sais où vont les choses, continua-t-elle. Essuie et range-les.

— Oui, m'dame.

Elle ricana en se mettant au travail.

— Tu es à Heart Falls depuis cinq ans ?

Il réfléchit brièvement.

— Presque sept. Après la mort de Justina, Talia et moi avons emménagé chez mes parents, tu te souviens ? Une fois que j'ai eu mon diplôme, je nous ai tous déménagés ici. Il y a une suite mitoyenne.

Madison lança un coup d'œil par-dessus son épaule et se pencha dans la direction qu'il indiquait.

— Je suis si contente que tu aies eu leur aide !

— Moi aussi. Je n'aurais pas pu survivre sinon. Mais ils ne sont plus là.

— Comment ?

Maddy agrippa le bol en céramique qu'elle lui passait, l'inquiétude gagnant ses yeux verts.

— Ils ont déménagé ? Aux dernières nouvelles, ils habitaient avec toi. Ils vont toujours bien ?

— Oui. Mais papa a du diabète, et il a besoin d'être surveillé régulièrement. Maman n'a jamais appris à conduire, et comme la vue de papa a empiré, ils ont décidé qu'il valait mieux vivre plus près de l'hôpital et du médecin qui le suit pour pouvoir prendre le bus ou un taxi pour ses rendez-vous.

Ryan secoua la tête.

— J'ai pensé à déménager avec eux à Black Diamond – ce n'est qu'à un peu plus d'une heure d'ici –, mais Talia a de bonnes amies dont je ne voulais pas l'éloigner. Et puis, j'ai à la fois le travail de pompier à mi-temps et le bar...

Parfois, il pensait encore qu'il avait pris la mauvaise décision, en n'étant pas là pour ses parents comme il aurait dû. Mais il ne pouvait simplement pas éloigner Talia des gens avec lesquels elle avait grandi. Pas après qu'elle eut déjà perdu sa mère si jeune.

Ryan emmena Maddy faire rapidement le tour de la maison, marquant une pause pour ouvrir la porte la plus éloignée sur la droite. L'étroit passage contenait une machine à laver sèche-linge, et une porte sur l'autre côté reliait la maison principale à la suite.

— Ma baby-sitter loue la suite. Laura a des horaires réguliers de 9 heures à 17 heures au cabinet d'avocat, mais en étant sur place, elle peut dormir à la maison avec les portes ouvertes les nuits où je suis en service à la caserne.

— Je m'attendais à ce que tu me dises qu'elle était là les soirs où tu es au bar, avoua Madison.

Cela lui avait demandé de beaucoup jongler pour arriver à cette organisation, mais jusqu'ici ça fonctionnait.

— Je travaille au Rough Cut quelques jours, plus le vendredi et le samedi soir quand Talia est chez mes parents pour le week-end. Je pars du principe que je suis peut-être le propriétaire, mais que je ne devrais pas être indispensable. J'ai une très bonne directrice adjointe que j'ai engagée il y a quelques mois. On en est enfin à un stade où s'il y a une urgence à l'un de mes boulots, je file ou non, selon l'arrangement avec Talia.

— On dirait que c'est un numéro d'équilibriste que tu gères.

Il était tentant d'en rester là, mais Ryan ne pouvait lui laisser ignorer le reste.

— J'adore diriger le bar, mais tu m'as toujours dit de faire ce qui me rendait heureux. Et être pompier, faire partie d'une équipe, ça me rend heureux. Alors ça vaut la peine de fournir cet effort supplémentaire.

Elle resta silencieuse un instant, la tête penchée sur le côté.

— J'ai dit ça ?

— Souvent. Jusqu'à ce que ça résonne dans mon cerveau, ajouta-t-il d'un ton pince-sans-rire avant d'incliner la tête vers le couloir. Viens, termine de fouiner.

En regardant dans la chambre de Talia, Madison émit une exclamation convenable à la vue du lit en mezzanine, mais Ryan remarqua que plus la visite durait, plus c'était *lui* qui était examiné.

— Quoi ? demanda-t-il, riant à demi.

Madison haussa les épaules.

— J'essaie d'être polie.

— Oh, je t'en prie. Comme si tu ne mourais pas d'envie de simplement cracher ce que tu as à l'esprit !

Cela faisait peut-être des années, mais c'était du Maddy tout craché.

Elle passa à côté de lui et entra dans la grande chambre. Elle pointait maintenant du doigt son lit.

— Tu te moques de moi. Qu'est-ce que c'est que ça ?

Ryan soupira.

— C'est un lit, Maddy.

— Pour un gamin.

Elle se tourna brusquement vers lui.

— Laisse-moi deviner. Quand tu as emménagé avec tes parents, tu étais dans la même chambre que Talia, alors deux lits une place, c'était la limite.

— Exact.

Il ne dit rien du fait qu'il ne pouvait pas supporter de garder le matelas deux places que Justina et lui avaient partagé.

Madison renifla devant son lit simple impeccablement fait qui était contre le mur le plus éloigné, sous la fenêtre, laissant un grand espace de moquette dégagé.

— Je suppose que cette configuration te laisse la place de faire tes exercices physiques chez toi, ou une bêtise comme ça.

— Ouais.

Elle traversa la pièce vers la salle de bains et regarda à l'intérieur, son expression s'éclairant légèrement.

— Au moins, tu n'as pas réussi à saboter cette pièce. Sympa, l'énorme douche, mec. Et cette baignoire profonde est sûrement géniale après une intervention.

— Ce qui me rappelle... Une seconde, je passe un appel.

— Ne te gêne pas pour moi. Je vais fouiller dans tes placards, chercher d'autres squelettes.

Madison lança un autre regard dégoûté à son lit, secoua la tête, puis quitta la pièce.

Cela ne devrait pas prendre longtemps de s'arranger pour que sa voiture soit enlevée du bas de la colline.

— Hé, Mack. Tu as une minute ?

Avoir un meilleur ami marié à une mécano était pratique.

— On traînait. Quoi de neuf ? demanda Mack.

— Est-ce que ta charmante épouse a du temps pour remorquer une voiture qui a fait une sortie de route ? demanda Ryan. J'ai une amie qui me rend visite et qui n'a pas eu de chance au coin de Nelson. Si Brooke ne peut pas ce soir, demain ça ira.

— Une seconde, je te la passe.

Il entendit Mack parler à quelqu'un, puis soudain ce fut une voix féminine sur la ligne.

— Tu veux que nous amenions la voiture au garage ou chez toi ? demanda Brooke.

— Si elle roule, à la maison. Elle aura besoin d'un nouvel airbag, mais pour l'instant, ce serait bien si Madison pouvait prendre ce dont elle a besoin. Je suis presque sûr que les clés sont sur le contact.

Brooke se mit à rire.

— Tu penses vraiment qu'un détail comme l'absence de clés m'arrêterait ? Je t'en prie !

Ryan se surprit à sourire alors qu'il revenait dans le salon.

— Je sais que Mack est de repos ce soir, alors vous pourriez rester un moment. Je vous présenterai à Madison.

— Ça marche. Ça ne devrait pas prendre plus d'une heure, promit Brooke.

Maddy était devant le frigo, regardant le calendrier retenu par des magnets aux couleurs vives quand il lui donna les nouvelles.

Ses yeux étincelèrent.

— Merci de t'occuper de moi.

— C'est ce que font les amis , souligna Ryan.

Elle hocha la tête, puis fit la grimace.

— Est-ce que je peux avoir un câlin ?

Bon sang. Ça n'avait pas été des retrouvailles normales, mais il était surpris qu'il lui ait fallu si longtemps pour le lui demander.

Madison aimait serrer les gens dans ses bras.

Ryan ne répondit pas et ouvrit simplement les bras.

Elle s'avança contre lui et passa les bras autour de son torse, se nichant contre lui comme s'ils étaient des années plus tôt et à des kilomètres de là. Un endroit où ils avaient surveillé leurs arrières l'un pour l'autre et s'étaient donné exactement ce dont ils avaient eu besoin. Des amis qui se souciaient des petits détails et des gros.

Il la serra prudemment, inquiet de comprimer ses bleus trop fort, mais alors que leurs respirations se synchronisaient, la chaleur les enveloppant comme une couverture moelleuse, ce n'était plus simplement lui qui lui apportait quelque chose.

Son âme se sentait plus légère en sachant que Maddy était là. Qu'elle tenait suffisamment à lui pour poser des questions sur sa fille, ses parents, pour remarquer son lit d'une personne.

Elle lui donnait tant de choses, si facilement, en si peu de temps... ce devait être cette amitié à la vie à la mort qu'elle avait mentionnée, et il lui était reconnaissant d'être venue sans crier gare.

Finalement, Maddy lui tapota le dos.

— Merci. J'en avais besoin.

— Moi aussi, avoua Ryan.

Il lui embrassa le front, comme il l'aurait fait à Talia, puis fit signe à Madison d'aller vers le salon.

— Allons nous détendre jusqu'à ce que ta voiture arrive.

— Youpi.

Maddy attrapa le calendrier sur le frigo, puis s'installa sur le canapé, lui faisant signe.

— *Se détendre* signifie *Ryan va dire à Maddy combien de temps elle peut rester l'enquiquiner.* Parce que je ne veux pas abuser de ton hospitalité.

Ryan s'assit sur le fauteuil en face d'elle. Pas parce qu'il était gêné de s'asseoir près d'elle, mais parce qu'il faisait toujours ça. La magie que Madison Joy possédait transformait les gens en pipelettes.

Ils avaient qualifié pour plaisanter ce trait de caractère de *gène du barman.*

C'était vrai que, dans leur domaine, nombreux étaient ceux qui avaient la capacité d'inciter de parfaits étrangers à dévoiler leurs secrets en un temps étonnamment court. Seulement, ce n'était pas censé être comme ça entre *eux.*

Meilleurs amis, pourtant curieusement toute la conversation au cours de l'heure passée avait tourné à quatre-vingt-dix pour cent sur lui. Sa vie, sa fille, et ses parents. Son histoire.

Il croisa son regard sans détour.

— Pose le calendrier, Maddy.

— Mais nous devons faire des projets, insista-t-elle.

— Il faut qu'on parle, répondit-il, avant de se corriger. *Tu dois parler.* Tu ne m'as rien dit du tout à part que tu avais décidé de venir me rendre visite.

Elle hésita.

— Oh, c'est vrai.

Un hochement de tête ferme s'ensuivit.

— Ce n'est pas que j'essaie de cacher quoi que ce soit, vraiment, dit-elle sincèrement, mais j'ai débarqué à l'improviste. Tu es un gars trop gentil pour me dire de dégager, alors déterminons les détails maintenant, puis je pourrai me détendre.

C'était logique.

— Tu as toutes tes affaires dans ta voiture.

Il haussa un sourcil en la regardant, l'encourageant silencieusement à remplir les blancs.

Madison soupira.

— J'ai un boulot à Toronto qui commence le 5 janvier. Alors je dois partir suffisamment en avance pour y arriver sans avoir à conduire comme un danger ambulant. J'avais pensé rester à Heart Falls pendant deux semaines, en logeant dans un motel, puis partir avant les fêtes pour ne pas gêner.

— Bien essayé.

En une seconde, la colère de Ryan s'enflamma. Où prévoyait-elle de passer les fêtes ? Seule dans une chambre de motel ?

— Oublie le truc des deux semaines. Et aussi, oublie ces

conneries de motel. Tu restes avec moi et Talia pendant tout ce temps, point barre.

— Mais je...

Elle serra les lèvres, inspira profondément, puis hocha la tête.

— Bien. Non, pas bien. *Merveilleux.* Merci, et c'est génial, et j'ai tellement hâte. Mais... pour info ? Si je reste, j'ai quelques problèmes à résoudre avec lesquels j'aimerais jouer. Ne dis pas non.

3

Le visage de Ryan était impayable à cet instant. Madison s'appuya contre le canapé et croisa une cheville sur l'autre.

— Ça marche ?

Il croisa les bras.

— Est-ce que ta *résolution de problèmes* est toujours aussi ignoble qu'elle l'était au lycée ?

— Elle est encore mieux, révéla Madison. Ou pire, je suppose, ça dépend.

Ryan laissa échapper une exclamation moqueuse.

— Oh, génial. C'est tout à fait logique.

— Ça n'a pas besoin d'être logique, signala-t-elle. Tu dois simplement accepter de faire ce que je suggère.

Ryan secoua la tête, mais il ne refusait pas.

— Laisse-moi prendre un verre. Si tu prévois de réorganiser ma vie, je vais avoir besoin d'un remontant.

Il se leva.

— Qu'est-ce que tu veux ? demanda-t-il.

— Du Canada Dry.

Il hocha la tête sans poser de question sur son choix et se dirigea vers la cuisine.

Le téléphone de Madison vibra dans sa poche, elle le sortit et découvrit que c'était son autre frère.

— Hé, sale gosse, dit-elle tranquillement en regardant Ryan dans la cuisine. Je croyais que tu visitais la Terre du Milieu, ce soir.

— C'est l'entracte, dit Kyle dans un chuchotement. Hé, je voulais juste te dire que tout va bien.

Une profonde sensation de soulagement l'envahit, mais Madison lutta pour l'empêcher de transparaître dans sa voix.

— Évidemment. Tu sais qu'entre Aragorn et Gandalf, tout ira bien. Et n'ignore pas Samsagace...

— Je sais, je sais. Je dois lire le livre parce que Samsagace n'est jamais un con ni méchant avec Sméagol. Le livre est mieux que le film, et tout le reste.

Il fit semblant de vomir.

— En fait, le film et le livre sont tout aussi géniaux et terribles pour différentes raisons. Choisis celui que tu apprécies le plus.

Madison articula *merci* silencieusement lorsque Ryan posa un verre sur la table devant elle.

— Merci pour ces nouvelles, mon pote. Tu avais besoin d'autre chose ?

— Non. Je suis content que tu sois partie. Je prends ta chambre demain, révéla Kyle.

C'était un désastre qu'elle était heureuse de rater... les jumeaux qui se battaient pour sa minuscule chambre.

— Tu te rends compte que ta chambre actuelle est bien plus grande que la mienne, surtout si Joe déménage ?

— La tienne a une fenêtre qui n'est pas en face de la ruelle.

— Bonne baston, alors, dit Madison. Je suis chez Ryan. Je dois y aller, d'accord ?

— D'accord. Je peux t'appeler demain ?

Kyle avait demandé ça très doucement et rapidement.

Ses frères allaient lui briser le cœur. Elle lui répondit de façon bourrue pour ne pas le pousser davantage vers les larmes, ce qui le gênerait totalement, même séparé par une telle distance.

— Je suppose. Maintenant file.

— Je t'aime.

Il avait raccroché alors qu'elle lui répondait *Je t'aime*.

Ryan la regardait en silence. Elle agita son téléphone puis le laissa tomber sur la table et attrapa son verre.

— Mes frères s'assurent que je n'ai pas oublié comment utiliser la technologie dans les heures suivant mon départ.

Le visage de Ryan s'adoucit.

— Comment vont-ils ?

— Super, dit-elle gaiement. Ils sont tous les deux à l'université, si tu arrives à le croire.

— Bon sang, déjà ?

— Le temps passe. Tout comme Talia qui a magiquement dix ans, les garçons ont eu dix-huit ans. En bonus, pendant les deux dernières années, ils ont enfin trouvé comment rendre leurs devoirs à l'heure. Ce qui les aidera à l'avenir.

La sonnette retentit. Ryan fronça les sourcils mais se leva pour y répondre.

Elle le suivit, regardant par-dessus son épaule pour découvrir un homme aux cheveux sombres très solidement bâti qui se tenait sur les marches de devant. Une grande femme avec une queue-de-cheval descendait de la dépanneuse garée dans la rue devant la maison de Ryan.

— Hé, Mack. Brooke.

Une touche de surprise teintait la voix de Ryan. Madison se pencha un peu plus et remarqua sa voiture, la peinture un peu fatiguée, toujours attachée derrière la dépanneuse.

— Comment avez-vous fait pour la remorquer aussi vite ? continua-t-il.

La femme brune se faufila jusqu'à l'homme sous le porche.

— J'ai grandi à Heart Falls, alors je connais toutes les petites routes secrètes. Il y avait une vieille route en gravier à environ un mètre cinquante de l'endroit où la voiture avait atterri. Une fois que je l'ai accrochée, c'était simple de la faire sortir.

Derrière Ryan, Brooke leva les yeux pour croiser le regard de Madison.

— Coucou, là-bas.

— Bonsoir.

Ryan recula pour laisser passer l'autre couple.

— Entrez, et je vais vous présenter correctement.

Brooke et Mack examinèrent Madison d'un regard acéré alors qu'ils laissaient leurs chaussures à la porte et entraient dans le vestibule.

— Oh, c'est vrai. Mon visage. L'airbag, avança Madison en guise d'explication.

Le visage de Brooke s'éclaira de compréhension.

— D'ailleurs... Puisque l'airbag s'est déployé, je dois apporter le véhicule au garage. Ce n'est pas légal pour toi de l'y conduire.

Mack s'avança et se pencha un peu plus près en la regardant attentivement.

— On dirait que tu as eu de la chance. Et de la *mal*chance que l'airbag se soit déclenché. Tu ne pouvais pas rouler très vite à cet endroit de la colline à moins de vraiment filer sur la nationale. Et j'en doute, étant donné l'état de la route.

Ryan posa une main sur l'épaule de Mack et l'écarta.

— Je l'ai déjà examinée, alors arrête de lui tourner autour.

— Désolé, déformation professionnelle, répondit Mack tranquillement en tendant une main à Madison. Mack Klassen.

Aviation canadienne, à la retraite, et maintenant à la brigade des sapeurs-pompiers de Heart Falls.

Tout en acceptant la poignée de main, Madison ne se donna pas la peine de cacher son sourire.

— Ah. Tu es un proche de Ryan. Je ne suis pas offensée. Je suis surprise que tu n'aies pas essayé de vérifier nonchalamment mes pupilles ou de prendre mon pouls.

— Laisse-lui le temps, dit Brooke en lui tendant la main. Brooke Klassen. Et Mack est proche de Ryan, mais il est encore plus proche de moi. Nous sommes mariés depuis mars dernier.

— Félicitations, avec quelques mois de retard, dit Madison avec un grand sourire.

Elle baissa les yeux et décida que ce qu'elle portait ferait l'affaire.

Ryan interpréta mal son geste.

— Tu veux que j'aille chercher ta valise dans la voiture ?

— Pas de problème, je peux le faire.

Elle se retourna vers la porte.

Deux corps masculins lui bloquèrent le chemin.

— Va t'asseoir, ordonna Ryan. Mack et moi allons chercher tes affaires pendant que Brooke et toi ferez connaissance.

— La testostérone a été activée. Inutile de protester, lui assura Brooke. Viens t'asseoir pour que je voie avec toi quel travail tu attends sur ton véhicule. Je vais commander un airbag de remplacement, pour commencer, ce qui va prendre au moins une journée.

Madison hocha la tête vers Brooke avant de se tourner pour croiser le regard de Ryan.

— Ne rapporte pas tout. Juste la valise sur le siège arrière. Oh, et le carton sur le siège passager où il y a écrit *Semer la zizanie.* C'est tout ce dont j'ai besoin.

Les deux hommes sortirent sous les bourrasques. Madison était heureuse de rester dans la maison chaude.

— Je vais me servir un verre, lui dit Brooke en allant à grands pas dans le salon.

Aussi Madison retourna-t-elle à sa place précédente sur le canapé sans se sentir gênée. Elle attrapa le plaid duveteux qui avait été drapé sur le dossier, l'étala sur ses jambes, puis prit son Canada Dry.

— Merci d'avoir ramené ma voiture.

— Sérieusement, ce n'était rien. Je suis contente que tu n'aies pas été plus gravement blessée. Tu as dû trop énerver les capteurs de l'airbag quand tu as quitté la route pour qu'ils fonctionnent correctement.

— Je me demandais ce qui s'était passé. Enfin, c'était cahoteux, mais je n'ai rien percuté, lui dit Madison.

Brooke agita une main.

— Oh, je peux te dire en ayant vu la position de la voiture que tu as bien réagi en touchant le bas-côté. Non, parfois les airbags fonctionnent mal. Je suis mécano, alors si ça ne m'était pas personnellement arrivé, quelqu'un me l'aurait raconté de toute façon.

La porte d'entrée s'ouvrit. Les hommes portaient sa valise et son carton et ils se dirigèrent dans la chambre d'amis tout en discutant tranquillement.

Madison se concentra sur Brooke.

— En plus d'installer le nouvel airbag, me recommanderais-tu d'autres réglages ? Je vais avoir besoin de traverser le pays dans quelques semaines, alors je veux qu'elle soit en état de rouler.

— Je vais faire une vérification de l'entretien général, lui assura Brooke. Et recontrôler les autres airbags. Mais sérieusement, ne crois pas que tu as fait quoi que ce soit de mal. Une fois, un airbag s'est déclenché pendant que j'étais en train de travailler sous le tableau de bord. Ce fichu truc m'est rentré dans le plexus solaire tellement fort que je ne pouvais plus respirer. C'était chouette ! Penchée à cheval entre l'intérieur et l'extérieur de la voiture, à chercher mon souffle comme un poisson hors de l'eau.

Mack et Ryan les rejoignirent.

— C'était quand ? demanda Mack.

Brooke plissa le nez.

— Il y a environ trois ans. Tu aurais dû voir les bleus.

— Je pense que je vais les voir, dit Madison d'un ton moqueur, mais elle leur lança un clin d'œil. Alors, parlez-moi de Heart Falls. Qu'est-ce que je dois faire pendant que je serai là ?

— Ça dépend d'où tu viens, dit Brooke d'un ton pince-sans-rire.

— Du Surrey, répondirent Mack et Ryan en même temps.

Le mari de Brooke sourit à Madison.

— Traîner à la caserne implique beaucoup de longues nuits et de conversations. Ryan a souvent mentionné ton nom.

— Chaque fois que je lui racontais une histoire du lycée où je m'étais attiré des ennuis. C'était vraiment difficile de te laisser en dehors, admit Ryan.

Madison posa une main sur sa poitrine.

— Moi ? Je suis sûre que tu me confonds avec un autre individu fauteur de troubles.

Les yeux de Brooke s'illuminèrent alors qu'elle souriait.

— Oh. C'est avec *toi* que Ryan avait l'habitude d'être collé.

— C'est vraiment inutile de nier, dit Ryan. Même si c'est aussi grâce à Maddy que j'ai survécu au calcul infinitésimal. Alors je dois rendre à César ce qui appartient à César.

— C'est génial que vous vous connaissiez depuis si longtemps, dit Brooke.

— Nous sommes meilleurs amis depuis de nombreuses années, dit Madison avec satisfaction. En plus, je l'ai présenté à Justina. J'ai ce mérite-là aussi.

Ryan sourit.

— Tu as absolument joué les entremetteuses.

Brooke buvait son verre à petites gorgées, son regard allant de Ryan à Madison d'une manière qui disait que son esprit turbinait. Mais au lieu de poser une question personnelle, Brooke répondit à celle que Madison avait posée à l'origine.

— Tu devrais faire un tour de tous les hauts lieux de la ville. Mon garage, la caserne.

— Absolument, la caserne, dit Mack rapidement. Demain, c'est soirée team building. Nous organisons un dîner où tout le monde apporte quelque chose et des films... un pour les enfants et un pour ceux qui ne veulent pas regarder *La Reine des Neiges* pour la douze millième fois.

— *Certaines* personnes n'ont pas le sens de l'humour, le taquina Brooke. Tu ne connais toujours pas toutes les paroles.

Mack lui lança un regard noir.

— Sérieusement, tu dois te *libérer*...

Il la chatouilla.

Elle se tortilla pour s'éloigner, s'efforçant de ne pas renverser son verre.

— Arrête.

Brooke posa le verre, puis se retourna vers Madison.

— Les autres visites incluent un café au Buns and Roses, un voyage à Fallen Books... c'est notre librairie indépendante en ville. C'est amusant de visiter le refuge pour animaux, si tu aimes les chiens, les chats et autres bestioles.

— Si tu veux aller faire une promenade à cheval, nous pouvons arranger un tas de différentes options, suggéra Ryan. Oh, et tu sais, si tu as envie, je suppose que je pourrais t'emmener au Rough Cut.

— Un bar ? C'est un peu fou, n'est-ce pas ? dit Madison en lui lançant un grand sourire. Honnêtement ? J'ai hâte de voir cet endroit.

ÊTRE ASSIS AVEC SES AMIS, en compagnie de Madison, parler des activités amusantes dont ils pourraient profiter pendant qu'elle serait là, rendait étonnamment le mois de décembre beaucoup plus festif qu'il ne l'avait paru plus tôt dans la journée.

Ryan devait l'admettre... quelque chose n'allait pas, cette année. Même Talia semblait réticente à adopter l'esprit de Noël.

Il avait sorti les décorations quelques jours auparavant, et habituellement cela aurait suffi à ce que sa fille plonge dedans et exige qu'ils installent tout immédiatement.

Elle leur avait à peine lancé un coup d'œil, cette fois.

Mais maintenant que Madison était là, il pourrait changer ça. Une fois que Talia serait rentrée le lendemain, ils pourraient tous se concerter et trouver des idées pour rendre les fêtes très spéciales, y compris en organisant la fête d'anniversaire de Talia.

Et aussi parler de... L'arrivée de ses amis avait coupé court à la discussion sur ce que Madison voulait *réparer* exactement. Ils devaient y revenir. Ses interventions étaient toujours intéressantes, c'était le moins qu'on puisse dire.

Mais il ne l'avait jamais vue se tromper là sur le choix des cibles...

Ryan ramena son attention sur la conversation en cours.

— Nous serons au pub jeudi après-midi et vendredi soir.

— Nous préparons toujours des paniers de Noël samedi après-midi ? demanda Brooke.

— Oui, confirma Ryan. Vous êtes toujours partants pour aider ?

— Bien sûr, répondit Mack en hochant la tête avant de se

pencher en avant, un air inquiet passant sur son visage à la beauté sauvage. As-tu réussi à obtenir toutes les provisions ?

Un instant de malaise s'ensuivit, mais Ryan put répondre honnêtement.

— Ça ira pour samedi. Mais ça a été une mauvaise année pour les donations. Rassembler les paniers et quelques cartes cadeaux pour les familles qui en ont besoin va plus ou moins épuiser le Fonds de l'espérance de Heart Falls.

— Nous avons besoin d'une autre levée de fonds, dit Brooke lentement.

Ryan hocha la tête.

— C'est un affreux moment de l'année pour ça.

Il lança un coup d'œil à Madison.

— C'est la banque alimentaire que nous avons reprise. L'année dernière, ma coordinatrice et moi avons géré le travail de terrain, mais rien du côté financier. Cette année, les anciens coordinateurs nous ont tout donné en octobre, et il était loin d'y avoir assez dans le fonds pour tenir tout l'hiver.

— C'est dur, dit Madison. Décembre n'est pas une période facile pour que les gens ouvrent leur porte-monnaie.

Mack posa une question sur un autre sujet, et la conversation continua à bâtons rompus pendant un moment. Brooke raconta sa découverte d'une colonie de mulots sur le siège arrière d'un SUV. Mack leur parla de la fois où une moufette était entrée dans la caserne. C'était tranquille et décontracté.

Jusqu'à ce que Madison bâille.

Elle le cacha rapidement, mais Brooke et Mack lui lancèrent de grands sourires en se levant.

— Nous aurons plus de temps pour nous voir dans les jours à venir, dit Brooke. Nous aurions dû nous rendre compte que tu serais fatiguée par le long trajet et l'excitation.

— Je suis vraiment contente de vous avoir rencontrés, dit Madison. J'ai hâte de passer du temps ici à Heart Falls.

— Dors un peu, ordonna Mack, vérifiant encore une fois son visage tuméfié, avant de lancer un coup d'œil à Ryan. Si tu as besoin de quelque chose, appelle-moi.

— Tout ira bien, mais merci, dit Ryan sincèrement alors qu'il raccompagnait ses amis à la porte.

Madison alla avec eux, mais elle chancelait presque une fois qu'ils furent partis.

Il secoua la tête alors qu'il l'attrapait par les épaules et la dirigeait vers la chambre d'amis.

— On aurait cru que maintenant tu aurais appris comment dire *je suis fatiguée.*

— Mais je m'amusais, protesta Madison en posant la tête sur son épaule tandis qu'ils marchaient lentement. Le lit sera agréable.

Il l'étreignit du bras qu'il avait passé autour de ses épaules puis la relâcha. Elle lui fit signe du bout des doigts avant que la porte ne se referme entre eux.

Ce n'était certainement pas la nuit à laquelle il s'était attendu. En aucun point.

Il n'était pas encore 22 heures, alors Ryan alla se préparer une tasse de thé puis s'assit sur son fauteuil et se tourna pour regarder par la fenêtre la neige qui tombait désormais tout droit en énormes flocons duveteux.

Quelle nuit !

Quand elle avait commencé, il se sentait si agité qu'il avait passé un moment à réfléchir dans le cimetière. Des lumières à énergie solaire étaient suspendues à des crochets miniatures éparpillés entre les vieilles pierres tombales et les nouvelles. Il avait marché pendant un moment, nettoyant pendant qu'il faisait les cent pas, laissant ses pensées emballées se calmer.

Cela avait été le genre de nuit pleine de divagations qui le rendait encore plus conscient que la compagnie de Justina lui manquait. La compagnie d'un autre adulte pour partager des choses dont il ne pouvait pas discuter avec Talia. Des sujets dont il serait bien de parler, mais pas avec Mack, Alex ni Brad à la caserne.

Des sujets dont il voulait parler avec une femme.

Et aussi, du temps qu'il voulait passer avec une femme *sans* parler. Tout sauf parler.

Que Madison arrive sans crier gare était un petit miracle. Un cadeau de Noël en avance, au moins en ce qui concernait le fait d'avoir quelqu'un à qui parler.

La partie physique qu'il s'était désormais avoué désirer ardemment devrait trouver une réponse une fois que son amie serait partie. Cela n'avait jamais été sexuel entre eux. Non pas qu'il ne trouve pas Madison attirante, mais elle était sa meilleure amie. Impossible qu'il gâche ça en la draguant. Et Madison semblait avoir ressenti la même chose. Elle avait vraiment été celle qui l'avait présenté à Justina.

Ryan termina son thé, puis alla se coucher.

Il se réveilla étonnamment tard dans une odeur de café et de tartines beurrées.

Dans la cuisine, il trouva Madison perchée sur un des tabourets devant l'îlot, les jambes repliées sous ses fesses.

Elle avait enfilé une chemise en flanelle à carreaux bleu et rouge par-dessus un haut bleu pâle. Un jean délavé qui lui allait très bien lui couvrait les cuisses, mais c'étaient les chaussettes orange vif qui dépassaient qui firent largement sourire Ryan.

— Est-ce que ce sont des feux de détresse, Maddy ?

Elle leva les yeux du journal qu'elle lisait.

— Hé. Est-ce que je t'ai réveillé ?

Il secoua la tête en se rapprochant, plaça les doigts sous son menton et leva son visage pour pouvoir examiner ses yeux de plus près.

— J'ai dormi à poings fermés. Tes bleus ne sont pas trop graves.

— La sensation non plus.

Elle leva sa tasse et indiqua le plan de travail avec.

— J'ai fait une cafetière complète. Je ne savais pas quel était ton emploi du temps pour aujourd'hui. Nous n'avons jamais pu terminer cette conversation, mais j'ai vu sur le frigo qu'il fallait aller chercher Talia était à 9 heures.

Ce qui leur donnait une heure. Ils l'utilisèrent pour préparer le reste du petit déjeuner ensemble et parler de la journée qui les attendait.

Avec des tentatives quelque peu infructueuses de la part de Ryan de dire clairement qu'il ne s'attendait pas à ce qu'elle fasse quoi que ce soit pendant sa visite.

— Tu peux traîner ici dans la maison et te détendre autant que tu veux. Ou, si tu as besoin d'informations sur les endroits où aller pour faire du shopping ou autre chose, nous ne sommes qu'à deux heures de Calgary.

— Je ne suis pas venue pour faire du shopping, dit Madison en secouant la tête. Je suis venue pour *te* voir. De plus, je viens d'une grande ville... je ne cherche pas l'éclat des néons. Je veux t'aider autant que je peux. Peut-être que je pourrai trouver un moyen de collecter des fonds pour ton problème pour le Fonds de l'espérance ?

Ryan regarda sa montre.

— Eh bien, pour l'instant, tu peux déjà venir m'accompagner pour aller chercher Talia.

Madison fut captivée par le paysage pendant tout le trajet jusqu'au ranch de Lone Pine où l'ami de Ryan, Brad, et son épouse, Hanna, élevaient leur famille. Maddy regarda par la vitre, sifflant doucement alors que la maison apparaissait en haut de la longue allée. C'était une jolie maison de plain-pied avec une belle écurie à côté. Une demi-douzaine de chevaux se promenaient dans le manège.

Avec les deux centimètres de neige fraîche qui étaient tombés la veille, tout était blanc et immaculé, et des lumières jaunes et chaleureuses brillaient par les fenêtres.

— C'est un peu comme une carte de Noël, n'est-ce pas ? demanda Madison en lui lançant un coup d'œil.

— La famille de Brad vit ici depuis des années. C'est un mec bien, et tu vas adorer son épouse.

Ryan s'arrêta sur le côté de la maison et lança un coup d'œil à Madison alors qu'elle poussait sans succès la portière.

— Attends, continua-t-il. Elle se coince parfois. Je vais te faire sortir.

Elle regardait toujours la maison lorsqu'il fit le tour et lui ouvrit la portière en tirant vivement. Elle accepta sa main, mais lorsque ses pieds touchèrent le sol, il était assez proche d'elle pour entendre son léger grognement de douleur.

Il la tint encore une seconde jusqu'à ce qu'elle lève les yeux.

— Ça va ?

Madison haussa les épaules.

— Ça va. Ça a juste titillé un des bleus sur ma cage thoracique.

Bon sang. Il se sentait mal de ne pas y avoir pensé.

— Quand nous rentrerons, je te trouverai cette crème.

Avant même que Ryan n'appuie sur la sonnette, le son des rires de petites filles leur parvint du foyer joyeux.

Un instant plus tard, la porte s'ouvrit et révéla Hanna, une femme menue aux cheveux bruns, son petit garçon en équilibre sur sa hanche. Elle portait une expression incroyablement paisible étant donné la puissance du son derrière elle.

Elle sourit à Ryan puis lança un coup d'œil à Madison, fronçant légèrement les sourcils.

— Bonjour, Ryan. Talia est presque prête.

Ryan fit un geste vers son amie.

— Hanna, voici Madison. On se connaît depuis longtemps. Elle est venue me rendre visite.

Il se tourna vers Madison :

— Hanna Ford. Et le petit chenapan, c'est Drew.

— Ravie de te rencontrer, Hanna.

Madison se racla la gorge.

— Et au cas où tu t'inquiéterais, les yeux au beurre noir, c'est à cause d'un léger accident de véhicule. Je vais bien.

Hanna l'examina encore un instant, puis hocha la tête.

— C'est bon à savoir.

Dans le couloir juste après le débarras extérieur, Ryan put voir sa fille, puis Crissy, la fille brune de Hanna ainsi qu'une troisième petite fille, Emma Stone, ses boucles blondes bondissant au moindre mouvement.

Crissy, Emma et Talia se relayaient pour faire des pirouettes, les deux autres gardant les bras tendus autour de la troisième qui tournoyait. C'était apparemment une bonne idée d'avoir deux soutiens, parce qu'aucune des danseuses ne tenait bien sur ses pieds.

Hanna déplaça le bébé d'une hanche sur l'autre.

— Elles ont été surexcitées toute la soirée, complètement obsédées par le ballet que la prof espère organiser.

Ryan réfléchit, inquiet d'avoir raté quelque chose quand il allait chercher Talia à ses cours le lundi soir.

— Je ne me souviens pas qu'un spectacle soit sur le calendrier.

Hanna agita la main.

— Il n'y en a pas. Pas vraiment, et si ça se produit, ce ne sera rien d'imposant. Charity a commencé à passer des appels à chacun de nous individuellement hier soir pour savoir quels efforts nous pouvions y consacrer. Comme Talia s'appelle *Zhao*, tu es sans doute le dernier de la liste.

Hanna lança un coup d'œil à Crissy puis baissa le regard sur Drew, qui avait six mois.

— Je veux qu'elle s'amuse, mais je ne peux pas vraiment promettre d'y passer trop de temps. Pas en ce moment.

— Peut-être que je pourrais aider sur ce point, proposa Madison.

Elle se tourna vers Ryan.

— Ça dépend de toi, vraiment, et seulement si ça marche après que j'aurai parlé à la professeure de danse.

— Tu es là pour prendre des vacances, protesta Ryan.

Madison haussa les sourcils.

— Si je reste là, je peux aussi bien faire quelque chose de productif. De plus, tu as mentionné que vous avez besoin d'une levée de fonds. Je devrais trouver une idée qui pourrait rendre les filles heureuses *et* mettre de l'argent dans les caisses.

Ryan se tourna vers elle.

— Pourquoi est-ce que je crains soudain le pire ?

— Parce que tu as une imagination bien trop fertile, suggéra Madison avec un clin d'œil à Hanna. Ne t'inquiète pas. Je ne suis pas si dangereuse.

— Un peu de danger, c'est parfois bien, dit Hanna doucement. Appelle-moi si tu as besoin. Je ne sais pas quelle aide concrète je pourrai apporter, mais un brainstorming, je pourrai gérer ça.

Puis Talia fut là, enfila son manteau et étreignit ses amies pour leur dire au revoir. Un instant plus tard, Ryan l'avait attachée sur son rehausseur à l'arrière de la cabine de la camionnette. Talia parlait à cent à l'heure de tout ce qu'elle avait fait pendant sa soirée.

— ... et j'aime vraiment les chatons. Je pense que nous devrions en prendre un, papa.

— Respire, ma puce. Je veux que tu dises bonjour à mon amie Madison.

Talia se figea. Elle se pencha sur le côté et leva les yeux avec grand intérêt vers l'inconnue près de lui.

— Bonjour. Tes yeux sont violets.

4

———

Les dernières minutes avaient été une vraie tornade. Mais Madison s'amusait vraiment, y compris en examinant la fille de Ryan avec une touche de nostalgie.

Talia était une jolie petite fille, avec de longs cheveux noirs relevés en une queue-de-cheval légèrement de travers. Ses grands yeux sombres et la ligne droite de son nez ressemblaient à ceux de Ryan, mais ses lèvres et son menton étaient identiques à ceux de sa mère. Justina avait été une fée malicieuse, aux lèvres toujours légèrement retroussées, comme si elle attendait un baiser.

Madison s'appuya sur la portière et tendit la main à Talia.

— J'ai bien des yeux violets en ce moment. Est-ce que tu voudrais me serrer la main pour dire bonjour ?

Talia cligna des yeux puis sourit, attrapant les doigts de Madison. Elle tint fermement puis secoua deux fois rapidement avant de lâcher, son regard revenant sur le visage de Madison.

— Papa m'a appris comment faire.

— C'était une poignée de main très polie, lui assura Ryan.

Ça vous va si nous rentrons à la maison ? Talia a école cet après-midi, alors nous devrions aller nous préparer.

— J'ai eu le droit de faire une soirée pyjama hier soir même si c'était dans la semaine.

Talia recommença à parler à l'instant où Madison monta sur le siège avant et boucla sa ceinture.

— Ça n'arrive pas très souvent, continua-t-elle. Les maîtres et les maîtresses avaient un événement spécial ce matin, alors nous ne devons aller à l'école qu'après le déjeuner. Crissy a demandé si Emma et moi pouvions venir pour une soirée pyjama, et Mme Ford a dit que nous pouvions.

Madison se tourna de façon à poser un bras sur l'arrière du siège pour faire à demi face à Talia.

— Ça a l'air d'avoir été chouette.

— On s'est tellement amusées ! Seulement, son petit frère pleure parfois, et il m'a réveillée, dit Talia en faisant la grimace. Emma a dit que son petit frère pleure aussi. Je ne pense pas que je veux avoir un petit frère.

Ryan toussa légèrement, gardant sa concentration sur la route devant lui.

— C'est bon à savoir.

— Est-ce que tu travailles avec mon papa ? demanda Talia. Parce que je sais qu'il travaille avec Grace. Et il travaille avec Charity. Et il travaille avec Rose.

Madison lança un coup d'œil à Ryan, empêchant l'amusement de se lire sur son visage du mieux qu'elle pouvait.

— On dirait que ton papa a beaucoup d'amies.

Il lui lança un bref regard de travers, et elle lui adressa un grand sourire.

— Papa a beaucoup d'amies, acquiesça Talia. Comment se fait-il que je ne t'aie jamais rencontrée ?

— Mais tu m'as rencontrée, lui dit Madison. Tu étais beaucoup plus petite la dernière fois que je t'ai vue. Et tu étais *très* petite la première fois, c'était quelques jours après ta naissance.

Les yeux de Talia s'écarquillèrent encore davantage, et elle en resta bouche bée de surprise.

— Tu m'as vue quand j'étais bébé ?

— Oui. J'ai même apporté certaines de ces photos avec moi. Je pourrai te les montrer quand nous aurons plus de temps.

Madison regarda la petite fille s'appuyer sur son siège et réfléchir à cette nouvelle surprenante.

Puis l'intelligente petite additionna deux et deux.

— Ça veut dire que tu connaissais ma maman.

Une vague de tristesse arriva, celle qui la frappait toujours quand Madison pensait à la tragédie d'avoir perdu Justina aussi jeune.

— Je connaissais très bien ta maman. Elle et moi étions amies, tout comme ton papa et moi sommes amis.

Il fallut visiblement un peu plus longtemps à Talia pour traiter cette info, et elle se tut jusqu'à ce qu'ils entrent dans l'allée devant la maison.

Ils sortirent tous de la camionnette, se dirigèrent vers la porte d'entrée, quand Talia marqua une pause.

— Comment es-tu arrivée ici ?

— J'ai conduit.

Talia regarda dans la rue avant de courir jusqu'au garage et de regarder à l'intérieur. Elle se retourna en fronçant les sourcils.

— Où est ta voiture ?

— Au garage. Elle avait besoin de réparations.

— Oh.

Talia réfléchit à cela.

— C'est une grande voiture ?

— Assez grande. J'ai mon vélo, mes vêtements, mes livres et des affaires de cuisine avec moi.

Talia écarquilla les yeux.

— Pourquoi ?

— Je déménage, lui dit Madison. J'ai dû emmener ce dont j'aurai besoin dans le nouvel endroit où je vais vivre.

Talia courut devant eux et fila par la porte que Ryan avait ouverte, retira ses bottes et accrocha son manteau à la patère près de l'entrée, mais quand elle se retourna, elle fronçait les sourcils.

— Pourquoi dois-tu déménager ?

— Parce que j'ai un nouveau travail dans une autre ville, alors ça veut dire que je ne peux plus habiter avec ma famille.

— Pourquoi... ?

Ryan l'interrompit.

— Talia, je sais que ça ne dérange pas Madison de jouer au jeu des questions, mais tu dois faire certaines choses ce matin. Et nous devons aller faire des courses.

Madison réfléchit rapidement. Elle attendit que Talia soit occupée à la table de la cuisine avec ce qui était à l'évidence son sac d'école, puis parla tout bas à Ryan pour ne pas le court-circuiter ni provoquer de problèmes par sa suggestion.

— Est-ce que tu as besoin que Talia vienne avec toi faire des courses, ou est-ce que je peux rester ici et la superviser pendant que tu y vas tout seul ?

Pendant un instant, elle crut qu'il allait protester. Sûrement sur le point de rappeler qu'elle était venue ici se détendre et pas pour jouer les baby-sitters.

— Je ne te l'aurais pas proposé si je n'étais pas sérieuse, ajouta Madison rapidement. Seulement si cette idée lui convient, bien sûr.

Mais quand la question fut soumise à Talia, Ryan parlant doucement près de la table de la cuisine, elle sembla très excitée par cette idée.

— Je peux t'aider à déballer. Papa dit que tu restes pour les fêtes.

— Ton papa est un petit chef, dit Madison sans réfléchir.

Talia se mit à pousser des gloussements enfantins.

— Oui, oui, dit Ryan d'un ton très distingué et sérieux. Et maintenant, je vais aller jouer les *petits chefs* avec toutes les courses dont nous avons besoin. Des requêtes, Maddy ?

— Je ne suis pas difficile, mais j'adore tout ce qui est au chocolat.

Talia se tenait près d'elle, hochant vigoureusement la tête.

— Moi aussi.

Ryan s'assura qu'elle avait son numéro de téléphone portable actuel, puis il disparut, la laissant avec sa fille.

Comme sa mère de nombreuses années auparavant, Talia n'était pas timide. Elle attrapa Madison par la main et la traîna pratiquement jusqu'à la chambre d'amis.

— Mon amie Crissy a tout le temps des gens qui restent chez elle. Et Emma aussi, même si c'est habituellement son tonton Dustin, ou son papy, ou un de ses cousins loin au deuxième degré. La maman d'Emma a expliqué ce que ça veut dire, mais je pense que c'est un mot bizarre qui veut dire qu'on a une trop grande famille.

Loin au deuxième degré, c'était hilarant. Madison aimait tellement les enfants et leurs vérités honnêtes et spontanées !

Mais le reste du commentaire de Talia était le plus important en cet instant. Cela expliquait pourquoi l'idée que quelqu'un loge avec eux était bien plus excitante que Madison ne s'y était attendue.

Elle était contente. Elle n'aurait pas voulu mettre mal à l'aise la fille de Ryan.

— Ça peut être très amusant d'avoir des visiteurs, acquiesça Madison. J'ai hâte de passer du temps avec toi, mais tu dois me dire si tu as besoin de temps toute seule. C'est aussi ça être une bonne invitée.

Talia grimpa au pied du lit – un matelas deux personnes – et observa la pièce avec impatience. Son regard tomba sur la seule valise et le carton solitaire, et pendant un instant, elle eut l'air déçue.

— Tu veux que j'aille chercher d'autres affaires dans ta voiture ?

— C'est suffisant. La première chose que nous devrions faire, c'est déballer ça.

Talia bondit sur ses pieds et alla vers le carton que Madison avait indiqué. Elle le regarda avant de passer un doigt sur les lettres que Madison avait dessinées en majuscule au marqueur.

— *Semer la zizanie*, lut Talia avant de lancer un coup d'œil à Madison. Qu'est-ce que ça veut dire ?

— Ça veut dire que chaque fois que je trouve quelque chose qui ferait un bon cadeau pour quelqu'un que je connais, je le mets dans le carton. Et habituellement, quand les fêtes arrivent, ou pour l'anniversaire de quelqu'un, j'ai déjà mis de côté pile ce dont j'ai besoin.

Cette petite fille avait un visage très expressif. Elle semblait penser que le carton de cadeaux de Madison était l'idée la plus incroyable au monde.

— C'est rempli de *cadeaux* ?

— Un peu moins rempli maintenant qu'il ne l'était avant. J'ai sorti ce que j'avais acheté pour mes deux frères et ma mère avant de quitter la maison. Mais il y a plein de choses là-dedans pour le Noël à Heart Falls. Mais avant les cadeaux, j'ai besoin d'aide pour cacher quelque chose pour ton papa.

Pour la première fois, Talia la regarda avec un peu moins d'approbation.

— Un secret ?

Madison réfléchit un instant, puis secoua la tête.

— Pas vraiment un secret. Une surprise. Tu vois, quand ton papa et moi étions amis à l'univérsité, nous avions une tradition qui nous rendait toujours heureux.

Elle tendit la main derrière Talia et défit le couvercle du carton. L'objet sur le dessus apparut dans toute sa gloire étincelante. Madison le sortit prudemment puis le posa sur le lit.

Talia était sans voix. Puis elle gloussa un peu et se couvrit brièvement la bouche avec les mains.

— C'est pour *papa* ?

— En quelque sorte. Il pourra l'avoir pendant un petit moment. Ça fait partie de l'amusante tradition.

Madison étendit encore un peu le pull rouge et éblouissant, lançant un grand sourire à Talia.

— *Ça* c'est un pull moche.

— Il est très moche, acquiesça Talia, mais j'aime bien les brillants.

— Il est moche *et* il scintille, ce qui le rend parfait, lui dit Madison. Donc, voici comment fonctionne cette tradition. Une fois que nous trouvons le pull, nous devons le porter. Et pas seulement à la maison, mais en public où les autres nous verrons. Puis nous le cachons de nouveau pour que l'autre le trouve de manière inattendue, et ainsi de suite.

Talia gloussait de nouveau.

— Je peux t'aider à le cacher.

— Quelque part où ton papa ne le trouvera pas avant demain matin.

Ryan avait dit qu'il y avait un événement à la caserne ce soir-là, et Madison ne devait sans doute pas le taquiner d'emblée.

Sa complice semblait connaître exactement le bon endroit parce qu'elle écarquilla les yeux, et sa bouche forma un O excité.

— Je sais !

Elle partit comme une flèche. Madison la suivit, peu pressée d'empiéter sur l'intimité de Ryan, mais elle devait s'assurer que Talia ne faisait pas quelque chose comme grimper sur une bibliothèque pour atteindre la cachette.

Une fois que le pull fut caché avec succès, Madison plia un doigt, faisant signe à Talia de la rejoindre.

— Maintenant, nous devons faire semblant de ne rien avoir fait ça et ne pas dire à ton papa quoi que ce soit là-dessus, pour que ce soit une surprise. Tu veux m'aider avec le reste de mes affaires ? Puis je pourrai sortir l'album photo.

Talia fila à travers la pièce, attrapa Madison par la main et la tira vers sa chambre.

— Tu devrais nous montrer les photos quand papa sera rentré. Il voudra les voir aussi.

Pendant la demi-heure qui suivit, Madison sortit ses affaires de sa valise et laissa Talia les placer dans le tiroir qu'elle voulait. Puis la fillette organisa la petite quantité d'objets personnels et de maquillage que Madison avait sur le plan de toilette de la salle de bains.

À ce moment-là, elles étaient prêtes pour s'occuper des affaires d'école que Talia devait préparer, mais dans l'ensemble, Madison sentait que cela avait été une merveilleuse matinée.

Elle avait hâte de voir la tête de Ryan quand il découvrirait le pull.

Ryan recula dans l'allée et marqua une pause, regardant la couronne de fêtes qui pendait sur la porte d'entrée : énorme et voyante, avec d'énormes cloches dorées et un épais ruban en velours rouge attaché par un nœud géant.

Madison avait trouvé les décorations. Mais pas *ses*

décorations, parce qu'il ne se souvenait pas d'avoir acheté une telle horreur.

— Papa ! cria Talia alors qu'il passait la porte avec le premier chargement de courses. Madison prépare des sandwichs au fromage fondu pour le déjeuner.

— Miam, annonça Ryan comme prévu. Viens m'aider à rapporter les affaires et à les ranger.

La tâche familière devint légèrement gênante parce qu'ils avaient un public. Madison était occupée devant le plan de travail près de la cuisinière, ce qui voulait dire qu'elle était hors de leur chemin pour l'essentiel. Ce ne fut que lorsqu'il passa près d'elle pour la troisième fois que Ryan se rendit compte à quel point le triangle d'activités était étroit dans sa cuisine.

Mais Talia continuait à bavarder. Madison répondait quand il le fallait, mais autrement elle émettait simplement des sons quand c'était approprié. Ryan passa de nouveau à côté d'elle pour atteindre le placard où il gardait le café, vivement conscient du manque de distance entre eux.

Frôler ses douces courbes...

Madison se mit à rire à quelque chose que Talia avait dit, et Ryan se reprit. À l'évidence, cela faisait trop longtemps qu'il n'avait pas eu une autre adulte à la maison. C'était tout.

— As-tu trouvé tout ce dont tu avais besoin ? demanda Madison alors qu'il s'asseyait avec les sandwichs au fromage fondu et la soupe à la tomate qu'elle avait préparés.

— Oui, y compris quelques trucs que tu pourrais apprécier.

— Du chocolat, devina Talia d'un ton excité.

— Un peu, dit Ryan en hochant la tête. As-tu passé une bonne matinée ?

Talia leva les yeux vers Madison, son petit visage rayonnant était un livre ouvert.

— Madison a de jolis vêtements. Ils me font penser au soleil.

Ryan baissa les yeux vers les chaussettes orange fluo aux pieds de son amie.

— Maddy aime égayer la journée des gens.

La dernière heure avant de devoir déposer Talia à l'école passa en un clin d'œil. Madison proposa de rester à la maison, mais Talia avait d'autres idées.

— Il faut que tu voies où je vais à l'école. Et il faut que tu rencontres ma maîtresse, insista la petite fille.

Madison regarda Ryan avant d'accepter.

— Souviens-toi que je t'ai dit que, si tu as besoin d'espace, je pourrai m'éclipser et rester dans mon coin pendant un petit moment. Avoir des invités peut être amusant, mais parfois nous avons besoin d'une pause.

— Je sais, dit Talia.

Ryan ne savait pas ce que sa fille manigançait. Il tenta de l'avertir, mais Madison agita la main.

— J'ai une idée de ce qui se passe. Je te dirai plus tard, mais c'est bon.

Il était content que l'un d'eux sache ce qui se tramait, parce que lorsqu'ils arrivèrent dans la cour de l'école, Talia traîna Madison vers toute une bande de petites filles.

Madison se concentra avec soin sur chacune d'elles, offrant solennellement des poignées de main ou des tapes dans la main suivant ce qu'elles voulaient.

Une prise ferme atterrit sur son épaule, et Ryan se retourna pour voir son ami Brad Ford, le mari de Hanna et le capitaine des pompiers locaux, lui lancer un grand sourire. La tête rasée de celui-ci contrastait avec la barbe bien taillée qu'il faisait pousser.

— C'est ta visiteuse ? demanda Brad.

— Maddy ? Ouais. Une bonne amie depuis des années.

Ryan lança un coup d'œil, mais Madison était maintenant

penchée vers une des comparses de Talia et écoutait attentivement l'histoire que cette dernière lui racontait.

— Ta femme l'a rencontré ce matin, expliqua-t-il.

— Hanna l'a appréciée. Elle a dit qu'elle semble plutôt terre à terre.

Brad se redressa et remua les doigts vers Crissy, qui agitait frénétiquement la main.

Ryan poussa une exclamation moqueuse lorsque soudain tout le groupe de petites filles agita frénétiquement la main vers eux. Madison sourit, leva la main, puis fit un salut royal tout en clignant follement des yeux.

— Peut-être que ce n'est pas une idée géniale. Madison va leur apprendre tellement de choses dangereuses !

— Curieusement, j'en doute.

Brad recula d'un pas puis hocha rapidement la tête.

— Je dois y aller, continua-t-il. Mais je te verrai ce soir à la caserne.

— Nous serons là, promit Ryan.

Ce ne fut que lorsque la cloche sonna que Madison réussit à se libérer des griffes de la classe de CM1.

Elle riait lorsqu'ils retournèrent dans la camionnette.

— Ta fille est drôle, l'informa-t-elle.

Son grand sourire devint légèrement plus sérieux.

— Merci beaucoup de me donner une chance d'apprendre à mieux la connaître. Et de passer du temps avec toi. Je crois que c'est exactement ce dont j'avais besoin.

— Tu avais un besoin urgent de venir faire les corvées de quelqu'un d'autre pendant un mois ?

Ryan se concentra sur la route, mais il n'allait pas la laisser s'en sortir sans cracher des informations aujourd'hui.

— Avant que nous soyons trop loin, veux-tu aller quelque part d'abord ?

— Qu'est-ce que tu as de prévu ? demanda Madison. Et

avant de me demander ce que je veux, rappelle-toi que *c'est ta vie et que je l'envahis* ! Qu'est-ce que tu fais habituellement après avoir déposé Talia à l'école le mercredi ?

— Habituellement je serais fraîchement sorti d'un service de nuit à sept heures, alors je rentrerais à la maison pour dormir. Et j'aurais encore un autre service de douze heures le mercredi soir, à partir de 19 heures jusqu'à 7 heures, mais cette semaine est déréglée. Entre la courte journée d'école de Talia et l'événement de team building de ce soir à la caserne, mon ami Alex m'a remplacé hier, et Mack est de garde ce soir.

— C'est sympa de leur part.

Ryan hocha la tête.

— Oui. Alex et Mack sont tous deux solides comme le roc. De plus, Mack m'a déjà prévenu que lorsque Brooke et lui auront des enfants il s'attendra à ce qu'on le lâche un peu.

Madison hocha lentement la tête.

— Retournons chez toi, et nous pourrons parler de ce à quoi ressembleront les prochaines semaines. Mais c'est plutôt cool que tu aies ce genre d'organisation des tâches avec tes amis. Je suis contente.

— Moi aussi.

Quand ils rentrèrent, il pointa du doigt la couronne voyante qui pendait à sa porte. Il ne dit rien, il haussa simplement un sourcil.

Madison lui lança un grand sourire.

— Je ne suis responsable qu'à moitié, dit-elle rapidement. Talia a choisi le ruban.

— Évidemment, dit Ryan en résistant à l'envie de rouler des yeux. Merci pour ma décoration.

— De rien, dit Madison gaiement avec un grand sourire alors qu'elle passait à côté de lui pour entrer dans la maison.

Cette fois, il ne se donna pas la peine de lutter, il déposa simplement son calendrier sur la table et le passa en revue avec elle.

— Ça demande de jongler un peu, mais je peux emmener Talia à l'école et l'y récupérer tous les jours, et même si je ne suis pas là tous les soirs, je peux presque toujours lui téléphoner pour lui souhaiter bonne nuit.

— Talia ne souffre pas du tout, lui assura Madison. Elle t'aime très fort, et elle sait exactement l'importance qu'elle a pour toi. Je le sais parce qu'elle me l'a dit, un certain nombre de fois.

Ryan ne put s'empêcher de sourire.

— Vraiment ?

— Vraiment, répondit Madison en se renfonçant sur son siège. Je pense que ton emploi du temps va m'épuiser, mais je suis partante pour essayer.

Il se mit à rire.

— Mad, tu n'as pas à venir travailler avec moi.

— Oh, je ne vais certainement pas faire tes services de douze heures, lui assura-t-elle. Mais ce que je vais faire, c'est gérer quelques petites choses qui sont un peu passées sous ton radar.

— Par exemple ?

Il détestait avoir à le lui demander, mais une fois que Madison était décidée à faire quelque chose, il serait difficile de l'en détourner. Il valait mieux qu'il sache maintenant ce qu'elle complotait.

— À moins que tu ne sois complètement rétif à cette idée, ou que tu aies une autre raison pour attendre, tu veux que je m'occupe de te trouver un lit pour grand garçon ?

Elle avait fait cette proposition lentement, puis attendit comme si elle évaluait sa réaction.

— Mon lit t'offense à ce point ?

Si c'était la pire chose qu'elle veuille changer, il n'avait aucun mal à accepter son aide.

Elle haussa les épaules.

— Je ne suis pas offensée, mais encore une fois, à moins que tu n'aies une raison de vouloir laisser les choses en l'état, je vais trouver quelques options, puis tout ce que tu auras à faire, ce sera d'en approuver une. Et de payer, bien sûr.

Ryan ne voyait aucun inconvénient à cette petite ingérence.

— Lâche-toi.

Madison lui lança un grand sourire.

— Merci. Deuxième chose. Tu veux que je te fasse une liste de femmes potentielles avec qui sortir ? Parce que j'ai joué l'entremetteuse une fois. Je peux sûrement recommencer.

5

Les oreilles de Ryan chauffèrent, peut-être parce que les paroles de Madison tourbillonnaient si rapidement que son cerveau surchauffait.

— Tu veux jouer les entremetteuses ?

— Eh bien, tu as dit que tu envisageais de recommencer à faire des rencontres. J'ai vu ton emploi du temps, mon gars.

Elle pointa du doigt les notes du calendrier étalées sur la table.

— Celle qu'il te faut pourrait te passer devant le nez, mais à moins qu'elle ne soit en feu, il y a de bonnes chances que tu ne la remarques même pas.

L'amusement l'envahit brusquement.

— Je reconnais que tu as joué les entremetteuses la première fois, mais Justina était une perle rare.

Madison hocha la tête.

— Je suis d'accord. C'est pour ça que tu as besoin d'une liste d'options, parce que, franchement, on dirait que tu risques d'avoir un problème dans ce domaine.

L'indignation le saisit. Ryan croisa les bras sur son torse.

— Un problème dans *quel* domaine exactement ?

Elle eut un rire moqueur puis passa une main sur sa bouche.

— Excuse-moi. Pas comme *ça*, bon sang. Tu es vraiment un mec. Très susceptible quand tu penses que tes prouesses sexuelles ont été insultées.

Ryan riait franchement, désormais.

— Cette liste devient de plus en plus étrange.

— Je pense simplement qu'avec tout le pain que tu as sur la planche, tu devrais laisser quelqu'un en qui tu as confiance et qui a une nouvelle perceptive sur le monde autour de toi t'offrir quelques suggestions.

Madison s'expliquait comme si elle était une avocate en train de prononcer une plaidoirie détaillée devant le jury le plus sérieux qui existe.

Ryan posa les paumes sur la table et se pencha en avant, croisant son regard de façon appuyée.

— Tu m'éclates.

Elle suivit son exemple, dans la même position.

— Appelle-moi simplement Yente.

Il marqua une pause, réfléchissant.

— Ça doit venir d'un de tes vieux films, mais bon sang, je ne sais pas lequel.

Elle se renfonça sur son siège et agita la main.

— Oh, mon jeune apprenti. Tu as déjà oublié les leçons des classiques. Ça vient d'*Un Violon sur le toit*. Yente était une entremetteuse, ce que je serai pour toi, seulement je suis moins autoritaire, et tu n'auras pas à me payer en poules.

Seigneur.

— C'est bien, parce que je suis sévèrement à court de poules en ce moment. Je ne saurais pas comment les plier pour les mettre dans mon portefeuille.

Madison se mit à rire – un son vif et joyeux – alors qu'elle se frottait les mains.

— Mais maintenant, passons à ce que j'aimerais faire de vraiment important. Est-ce que ça te gêne si je contacte la prof de danse de Talia pour voir ce qu'elle a à l'esprit ? Parce que, vois les choses en face, j'ai plus de temps libre que toi en ce moment.

Quelque chose de spécial dans la danse que Talia pourrait attendre avec impatience... Comment est-ce que Ryan pourrait refuser cette offre ?

— Laisse-moi appeler Charity pour savoir ce qu'elle a en tête. C'est aussi une volontaire dans l'équipe de pompiers, alors tu la verras ce soir.

— Une ballerine pompier... voilà quelque chose qu'on ne voit pas souvent.

Madison prit quelques notes sur le papier devant elle.

Ryan passa son appel pendant que Madison sortait son ordinateur portable et se branchait au Wi-Fi. L'après-midi passa rapidement, et ils sortaient pour aller chercher Talia quand Ryan jura doucement.

— J'ai complètement oublié que j'étais censé préparer quelque chose.

Il lança un coup d'œil à Madison.

— Chacun apporte un plat ce soir.

Madison recula.

— Vas-y. C'est exactement pour ça que je suis là. Va chercher Talia, et je vais me déchaîner dans tes placards pour trouver quelque chose à apporter.

— Nous pouvons nous arrêter à l'épicerie et prendre quelque chose, suggéra Ryan.

— J'ai déjà une idée, lui assura Madison. Vas-y, va chercher ta fille.

Il était inutile de protester. Ryan se dépêcha d'aller à

l'école, rejoignit un groupe d'autres parents près de la clôture de l'école pour attendre que sa fille apparaisse.

Talia arriva en courant du portail de sortie et jeta un coup d'œil derrière lui avec impatience.

— Où est Madison ?

— Elle se prépare pour ce soir. Viens, nous devons nous préparer aussi.

Talia eut l'air extrêmement déçue, ses épaules s'affaissant alors qu'elle se tournait vers les bus scolaires alignés. Elle cria à travers la cour enneigée.

— Elle n'est pas là.

La petite Emma Stone afficha une mine attristée avant d'agiter la main et de rejoindre sa sœur dans le bus.

Ryan garda son amusement pour lui jusqu'à ce que Talia soit attachée sur le rehausseur et qu'ils soient en chemin pour rentrer.

— Est-ce que tu as passé un bon après-midi à l'école ?

— J'ai eu une interro de maths qui était très facile. Et Emma et moi avons fait des bonshommes de neige à la récréation, seulement Darren et Josh les ont renversés.

Talia tendit la main et attrapa l'arrière du siège devant elle.

— Est-ce que Madison reste vraiment avec nous pour les fêtes ?

— Oui, vraiment. Est-ce que ça te va ?

— *Oui*, cria pratiquement Talia.

Ryan la regarda dans le rétroviseur. Talia était montée sur ressorts en temps normal, mais maintenant elle semblait pratiquement vibrer.

C'était sans doute parce qu'ils avaient une invitée pour la première fois depuis longtemps. Madison avait mentionné que Talia avait révélé que toutes ses amies avaient des gens qui logeaient régulièrement chez elles.

Il devait s'assurer d'amener ses parents à Heart Falls un

peu plus souvent lors de la nouvelle année. Bien sûr, cela risquait de compliquer encore sa future vie amoureuse... Une fois qu'il réussirait à *avoir* une vie amoureuse.

Seigneur, Madison lui faisait une liste de petites amies potentielles ! Il ne savait pas s'il devait rire ou commencer à fuir.

Talia disparut dans la maison, allant se préparer pour le rassemblement du soir. Ryan alla chercher une pelle pour dégager les allées avant qu'ils ne partent, s'arrêtant brusquement en se rendant compte que cela avait déjà été fait.

Madison avait encore frappé.

Dans la maison, il la trouva en train de faire la vaisselle devant l'évier. Elle posa un saladier sur l'égouttoir en lui lançant un coup d'œil par-dessus son épaule.

— Hé. La tornade Talia vient de m'informer qu'elle sera sortie dans quelques minutes. Notre contribution pour les plats est prête, et je suis habillée.

Ryan hocha la tête en l'examinant rapidement. Elle portait encore le jean délavé avec les chaussettes orange fluo, mais elle avait échangé son haut contre un pull vert clair agrémenté d'une rangée de boutons en nacre à l'avant. C'était un peu festif, un peu habillé, et parfait pour un événement communautaire d'une petite ville.

Elle s'était aussi maquillée, et les légères marques de l'accident n'apparaissaient plus au premier coup d'œil. En fait, ses joues étaient roses, et ses yeux avaient l'air encore plus brillants que d'habitude. Ses cheveux tombaient légèrement sur ses épaules et ses mèches rouges semblaient plus vives qu'avant.

Il détacha son regard du rouge brillant de ses lèvres.

— Ça ne me prendra pas longtemps non plus. Nous serons quand même largement en avance.

Elle agita la main vers lui, et Ryan se dirigea vers la grande chambre. Il prit une douche rapide, réfléchissant de nouveau à ce qu'il allait porter ce soir-là. Un vieux t-shirt uni était loin d'être assez habillé pour s'accorder avec la tenue de Madison, et il ne voulait pas qu'elle se sente mal à l'aise.

Quand il tendit la main vers sa serviette, il ne la trouva pas sur le portant. Il ne se souvenait pas de l'avoir jetée dans le panier à linge, mais il avait dû le faire. Impossible d'y échapper. Il sortit de la douche, posa les pieds sur le tapis de bain, s'approcha en dégoulinant du placard à linge et l'ouvrit brusquement pour en sortir...

Directement devant lui se trouvait un souvenir. Le cardigan rouge était en parfait état, et toujours aussi horrible que dans ses souvenirs.

— Madison, tu es à cent pour cent dans la zizanie, marmonna-t-il dans sa barbe alors qu'il tendait la main derrière le pull vers une serviette.

Il regarda fixement l'horreur en se frottant rapidement les cheveux et le corps, puis la sortit du placard et alla dans la chambre.

Étaler le pull sur le lit ne fit que rendre plus évidente l'horreur de ce truc. Malgré tout, Ryan se retrouva à sourire d'une oreille à l'autre, incapable de s'arrêter.

Autrefois, ce pull n'avait qu'un simple motif écossais rouge. Des lignes verticales noires et des chevrons réguliers le quadrillaient, et il supposait que l'effet aurait été plutôt soigné avec un jean noir. Seulement, à un certain moment, un des elfes de Noël – alias Madison – avait mis la main sur le cardigan, et maintenant des poches supplémentaires étaient plaquées partout. Des décalcomanies sur le thème de Noël étaient artistiquement éparpillées sur sa surface. Sans parler des boutons dorés et argentés, des minuscules lumières, des perles vertes, et de l'occasionnelle touffe de fils argentés ajoutée comme si quelqu'un avait fiévreusement lancé une guirlande sur la machine à tricoter.

Pendant qu'il admirait – *ha* – le pull, il enfila le reste de ses vêtements. Un jean et un t-shirt noirs, parce que, bien sûr, il allait porter la *chose*.

C'était une tradition, et il était impossible qu'il enfreigne cette règle.

Il fit un rapide saut dans la salle de bains pour se peigner. Un seul coup d'œil dans le miroir suffit à lui faire secouer la tête. Ce n'était pas que le pull était *moche*, en soi, mais Ryan allait certainement se faire remarquer. Ses amis allaient absolument adorer son pull.

Ryan se demanda combien de temps il pourrait garder l'air sérieux et faire comme s'il ne portait rien qui sorte de l'ordinaire.

Il entra dans le salon et le babillage continu de Talia sur les mouvements de danse se transforma en un cri aigu.

— *Papa* !

Curieusement, Madison réussit à avoir l'air coupable et très amusée en même temps.

— Je ne savais pas que nous étions censés nous mettre sur notre trente-et-un, dit-elle innocemment.

Ryan agita un doigt vers elle.

— Tu as porté le premier coup. Je dis ça en passant.

Il se tourna vers sa fille et pivota sur lui-même pour exposer sa tenue.

— Alors ? Qu'est-ce que tu en penses ?

Ses gloussements de petite fille étaient agréables à ses oreilles.

— Tu as l'air heureux, dit Talia.

Elle s'avança et baissa la voix.

— J'ai aidé à le cacher. Est-ce que c'est bon ?

— Bien sûr, lui assura-t-il. S'habiller avec un pull moche est quelque chose d'amusant. Mes amis Brooke et Mack l'ont fait l'année dernière. Et sache que ce pull n'est pas seulement moche, il porte aussi chance.

Talia écarquilla les yeux.

— Vraiment ?

Il hocha la tête.

— Je portais ce pull quand j'ai rencontré ta maman, l'informa-t-il.

Talia lança un coup d'œil à Madison.

— C'est *dingue*.

Madison éclata de rire tout en hochant la tête.

— C'est tout à fait dingue. Maintenant, nous devrions probablement y aller, dit-elle en tapotant sa montre.

Ils n'étaient pas les premiers à arriver à la caserne, si bien que des voix, des rires et de la musique les accueillirent lorsqu'ils entrèrent par la porte de devant au rez-de-chaussée.

Talia disparut presque immédiatement, rejoignant un groupe d'enfants rassemblé dans l'espace près du camion de pompiers, jouant avec des cordes à sauter, des ballons et divers jouets empilés en vrac. Madison reconnut Crissy dans le groupe.

Ryan fit un geste dans leur direction.

— Charity est avec eux. Si tu veux aller lui dire bonjour.

— Ça me paraît être une super idée.

Madison avait réfléchi pendant tout le temps où elle préparait la salade à apporter. L'inspiration attendait un élément déclencheur. Avec un peu de chance, parler à la professeure de danse de Talia serait ce dont elle avait besoin.

Ils venaient d'arriver près de la jeune femme quand Talia la remarqua, lâchant sa corde à sauter et entraînant Crissy avec elle.

— Tu vois ? Madison est venue.

Talia tira sur la main de Charity.

— C'est l'amie de mon papa, Madison Joy.

Charity se retourna, un sourire sur le visage alors qu'elle lançait un coup d'œil à Ryan, puis à Madison. Dans la petite vingtaine, cette femme avait une peau brune et des boucles noires naturelles qui rebondissaient autour de son visage.

— Bonsoir, Madison. Ravie de te rencontrer.

— Moi de même.

Madison se pencha légèrement à côté d'elle et chuchota aux filles :

— Je n'avais jamais rencontré de ballerine.

Les joues brillantes, Charity était sur le point de répondre quand un hoquet lui échappa à la place.

— Oh là, là.

Madison lança un coup d'œil à côté d'elle. Ryan avait enlevé son manteau et affichait désormais une expression très innocente tandis que Charity restait bouche bée devant l'horreur qui lui couvrait le torse.

Il se tourna vers Madison.

— Donne-moi ton manteau, je vais les accrocher. Je dois aller m'assurer que tout est prêt, alors va à l'étage quand tu auras terminé.

— Pas de problème, répondit Madison tranquillement, se retournant vers Charity, qui ouvrait et refermait la bouche sans qu'aucun son n'en sorte. J'ai une question à vous poser concernant le ballet dont tu as parlé à Hanna.

Charity toussa dans son coude une seconde et se redressa avec un immense sourire.

— Bien sûr ! Mais d'abord... Dis-moi que tu es responsable.

Elle indiqua du pouce le dos de Ryan qui s'éloignait.

Madison haussa les épaules.

— Hautement improbable. Enfin, nous sommes amis, mais Ryan est parfaitement responsable de ses choix.

La ballerine pompier ricana.

— D'accord. Je m'assurerai de lui en faire voir de toutes les couleurs quand ce sera approprié. Maintenant, que veux-tu savoir ?

Cela prit quelques minutes, dont une poignée de plus parce que les enfants n'arrêtaient pas de les interrompre, voulant que Charity et Madison prouvent qu'elles aussi savaient sauter à la corde et lancer des balles tout aussi bien que les préados.

Mais au final, Madison avait le début d'une idée pour semer la zizanie qui non seulement rendrait Talia et ses amies heureuses, mais pourrait aussi résoudre le problème de levée de fonds de Ryan.

Charity se frotta les mains.

— Laisse-moi te décrire les grandes lignes.

— Nous pourrons en parler plus tard, lui assura Madison.

— Ça ne prendra pas longtemps. Je te parlerai avant que vous ne partiez. Je sais que nous devons tout mettre en place assez vite de façon que ça puisse se faire.

Alors que Madison montait au premier étage de la caserne, l'odeur du jambon sucré et de quelque chose d'agrémenté de citrouille lui envahit les narines.

Elle posa la salade qu'elle avait apportée sur la longue table avec le reste du repas, puis lança un coup d'œil autour d'elle à la recherche de visages familiers.

Elle remarqua Brooke en premier. La grande femme se tenait devant le plan de travail dans la cuisine, discutant avec une autre femme brune qui sortait un plat du four.

Madison s'avança pour les rejoindre.

Brooke sourit en signe de bienvenue.

— Hé. Ravie de te voir.

Elle fit un geste vers la deuxième femme qui déposait des tranches de jambon sur deux plateaux.

— Voici Yvette. Je proposerais bien de prendre sa relève, mais avec ma chance, je réussirais à faire brûler quelque chose.

— Au moins, les camions de pompiers seraient tout près, la taquina Yvette.

Elle lança un coup d'œil à Madison par-dessus son épaule.

— Juste un instant. Je dois verser un filet de miel dessus pendant que c'est chaud.

— Miam, fit Madison en regardant Brooke. C'est un sacré talent que tu as là, si tu peux faire brûler un plat en versant du miel dessus.

— Trésor, tu n'as pas idée.

Brooke appuya le dos de sa main contre son front comme si elle était une damoiselle en détresse.

— Hélas, je vais devoir perfectionner mes talents de ménagère et laisser la cuisine à d'autres.

Yvette termina sa tâche, puis s'essuya les mains sur un torchon, se retournant pour saluer Madison.

— Bienvenue à Heart Falls.

— Merci. Es-tu pompier ?

La femme secoua la tête, agitant sa queue-de-cheval.

— Vétérinaire. C'est Brooke qui m'a invitée.

— Amener une amie est le seul moyen de survivre à ces soirées, dit Brooke doucement. Ne te méprends pas. Les pompiers sont *merveilleux*, mais quand ils se mettent à parler boutique ? Enfin, je sais que je peux m'enflammer à propos d'un nouveau jeu de clés, mais je n'ai pas la manie de parler de mon travail non-stop.

— Je suppose que ça veut dire que je devrais rester avec

vous deux, répondit Madison du même ton discret. La seule chose que je sache sur le feu, c'est qu'il faut l'arroser...

La main d'Yvette se retrouva sur la bouche de Madison une seconde plus tard, Brooke se plaçant devant elle avec un doigt pressé vivement contre ses lèvres tandis qu'elle secouait légèrement la tête.

— *Chuuut.*

Madison ricana, mais hocha la tête.

La main d'Yvette disparut.

— Désolée, mais je ne voulais vraiment pas que tu aies à écouter *la lutte contre les incendies pour les débutants* pendant une heure.

Madison repensa à ce qu'elle avait dit.

— Quel était le mot déclencheur ?

— *Arroser*, chuchota Brooke. Ce qui implique que vous utilisez de l'eau dans tous les cas, ce qui n'est pas vrai.

Heureusement, Madison comprit de quoi elle parlait. Jeter de l'eau sur de l'huile en feu n'était pas une bonne idée.

— Étouffer ?

— C'est mieux. Éteindre est sans doute le plus sûr, dit Yvette avant d'élever la voix à un niveau normal. Eh bien, je pense que nous sommes prêts pour le dîner. Ryan ?

Il fallut un instant à Ryan pour quitter sa discussion avec deux autres hommes. À l'instant où il s'avança, des rires retentirent à travers la foule alors que tous ceux qui ne l'avaient pas encore vu remarquaient son pull.

Brooke s'appuya contre Madison.

— Dites-moi que c'est toi la responsable.

Trop drôle.

— Pourquoi est-ce que tout le monde pense que je réussirais à faire en sorte que Ryan fasse quelque chose qu'il ne veut pas ?

— Oh, tu ne réussirais certainement pas, acquiesça Brooke,

mais elle affichait un grand sourire. Cela dit, l'année dernière Ryan nous a incités, Mack et moi, à porter des pulls moches lors d'une soirée où personne d'autre ne le faisait.

Madison posa une main contre sa poitrine.

— Non ! Je suis choquée.

Puis elle se pencha en avant.

— Ne le dites à personne, mais c'est un peu comme ça que la tradition avec ce pull a commencé. De plus, de bonnes choses en sont ressorties. Ryan a rencontré son épouse vêtu comme un elfe soûl. Il m'est arrivé de chouettes trucs aussi.

Elle devait encore informer Ryan de l'une de ces dernières, mais comme elle était là depuis moins de quarante-huit heures, ils avaient encore largement le temps de se rattraper.

Brooke la guida vers la table, et Madison s'assit avec les deux femmes, regardant autour d'elle avec curiosité. Les invités de la soirée étaient très variés, de certains assez jeunes pour être des adolescents à un groupe de gentlemen aux cheveux argentés à l'autre bout de la pièce.

Hanna se joignit aux trois femmes, le petit Drew embarqué par Brad alors qu'il s'installait près de Ryan et Mack. Ils furent rejoints par un homme à la peau mate qui retira son chapeau de cow-boy avant de regarder Ryan fixement.

— On croirait qu'Alex n'a jamais vu de pull moche, dit Brooke d'un ton pince-sans-rire.

— C'est un spécimen très chouette, dit Hanna en se penchant en arrière pour le regarder de nouveau avant de frissonner. Waouh. Quiconque veut battre *ça* devra avoir un talent assez fantastique.

Yvette surprit Madison à regarder les convives autour d'elle alors qu'elles mangeaient. L'instant d'après, Madison recevait un rapide résumé sur les équipes de pompiers volontaires.

— Brad est à plein temps pour tout le secteur. Mack est à

plein temps ici à Heart Falls, et nous avons deux techniciens urgentistes qui viennent de nous rejoindre cette année.

Yvette indiqua l'autre côté de la table sans pointer du doigt.

— Ryan, Alex et Ashton dirigent tous différentes équipes de volontaires.

— Alex et Ashton travaillent tous deux à temps complet au ranch de Silver Stone, mais ils font chacun environ dix heures de plus à la caserne aussi.

Hanna avait ajouté cette info.

Alex était le cow-boy, et Ashton était un des gentlemen plus âgés au bout de la table. Et même si dix heures restaient significatives, c'était moins que les trente heures que Ryan y consacrait, d'après les calculs de Madison. Malgré tout...

Quand il lui avait fait part de son emploi du temps, la fierté qu'il ressentait à avoir réussi à caser tout ce qui était important pour lui avait été évidente.

Mais cette sensation irritante qui la titillait quand quelque chose n'était pas tout à fait correct était revenue. Elle n'allait pas partager ses pensées avec ces femmes. Jusqu'à ce qu'elle sache ce qui n'allait pas et comment arranger ça, elle ne dirait rien à *qui que ce soit*, et même à ce moment-là...

Elle avait déjà chamboulé la vie de Ryan en arrivant sans prévenir. De plus, elle avait menacé de lui faire acheter un lit, et elle allait absolument continuer avec cette idée de danse et de levée de fonds. Elle plaisantait peut-être un peu au sujet de la liste de petites amies.

Elle n'allait pas interférer davantage, à moins qu'il ne soit évident que c'était ce qu'il fallait faire.

La conversation dériva, détendue et simple. Des rires résonnèrent autour de la table lorsque quelqu'un d'autre complimenta Ryan sur son pull.

Ryan se leva et s'inclina légèrement.

— Vous m'avez vraiment déçu. C'est une occasion manquée.

Charity se mit à rire.

— C'est ça. Parce que nous étions *tous* censés porter quelque chose de voyant ?

— Pourquoi pas ? déclara Brad en se levant à côté de Ryan. Tu voulais simplement prendre une longueur d'avance pour pouvoir gagner cette année, mais je te le dis tout de suite : l'année prochaine, tu feras face à une sacrée compétition.

— Je t'attends, dit Ryan, haussant un sourcil.

— Le Repas annuel du pull moche de la communauté des pompiers de Heart Falls, dit Alex en réfléchissant. J'aime bien.

Et ainsi Madison assista-t-elle à la création d'un nouvel événement annuel. Elle se renfonça sur son siège et attira le regard de Ryan.

Il lui lança un clin d'œil, redressa les épaules et fit semblant d'épousseter des peluches sur ses manches, ce qui ne fit que redoubler l'éclat que jetaient les boutons étincelants.

Le repas se termina, et les gens se séparèrent en différents groupes. Certains s'occupèrent du rangement, d'autres installèrent les enfants devant leur film.

Charity fit signe à Madison d'approcher.

— D'accord, voilà ce que j'ai.

Charity tendit un morceau de papier qui comprenait une liste de personnages. Madison s'en souvenait vaguement.

Elle baissa les yeux sur la liste : le nom des interprètes stars et ce qui semblait être cinq ou six petits groupes additionnels.

— Et tes danseurs peuvent faire leur représentation ici ? Parce que c'est un point clé.

— Absolument. Ils ne sont pas prêts pour le grand show, mais ils s'entraînent suffisamment dur, ce serait amusant de les faire monter sur scène, lui assura Charity. Juste ici.

Elle tapota un des petits groupes. Madison hocha la tête.

Une partie de l'équation étant résolue, elle remercia Charity, puis se dirigea vers Ryan.

Il était assis avec Alex, discutant tranquillement. Ryan leva les yeux alors qu'elle s'approchait.

— Tu t'amuses ? J'ai vu que tu étais avec Brooke, alors j'ai pensé que tu t'en sortirais.

— Tes amies sont super, et je m'éclate.

Madison se laissa tomber sur la chaise près de lui. Elle écouta à moitié la conversation calme qu'il avait avec le cow-boy maigre et nerveux pendant que des idées pour une éventuelle levée de fonds tourbillonnaient dans son cerveau.

L'inspiration pour créer l'horreur que Ryan portait en ce moment lui était venue en un clin d'œil. Elle avait su dès le départ que ce serait quelque chose de spécial et de terriblement amusant.

Cette même sensation d'être sur le point de tomber sur quelque chose de magique la chatouillait en cet instant.

Elle avait hâte de voir où l'inspiration atterrirait, au final.

L'amusement la gagna. Elle avait hâte de voir Ryan se plier de nouveau aux demandes qu'elle imaginerait, comme d'habitude, débonnaire et énergique.

Il lui lança un coup d'œil, suspendant sa conversation, et se redressa brusquement avant d'annoncer :

— Tu as un grand sourire.

— Vraiment ?

— Tu es assise là, silencieuse, à sourire d'une oreille à l'autre.

Ryan frissonna de manière outrée, se pencha vers Alex et dit dans un pseudo-chuchotement :

— Cette expression qu'elle affiche ? Ça veut dire que nous allons avoir des problèmes.

— Eh bien, c'est prometteur, dit Alex en se frottant les

mains. Une jolie femme veut me causer des problèmes ? Je suis partant à fond.

Il lui lança un clin d'œil, puis laissa vivement échapper un *aïe* lorsque le coup de coude que Ryan lui envoya entra en contact avec ses côtes.

Des images de dragées dansaient dans la tête de Madison.

6

Pour sa deuxième matinée à Heart Falls, Madison proposa de rester à la maison pendant que Ryan emmenait Talia à l'école.

Cette dernière ne voulait rien entendre. Elle glissa les doigts entre ceux de Madison, la regardant avec un petit froncement de sourcils.

— Tu ne veux pas m'emmener à l'école ?

Madison en resta bouche bée.

— Bien sûr que si, mais je ne veux pas que tu aies l'impression que tu es *obligée* de me laisser faire.

Elle avait dit les derniers mots un ton plus bas, comme si elle révélait un secret.

— Je vais être ici pendant un moment, et je ne veux pas t'ennuyer.

— Tu n'es pas ennuyeuse, l'informa Talia vivement. M. Marche, notre professeur de chant, est ennuyeux. Il nous fait faire des gammes avant que nous puissions chanter, et il va si lentement que toute la classe ressemble à des chèvres. Réé, réé, réé, *rééééé*...

Elle lâcha la note sur la fin de la phrase. Madison se mit à rire en imaginant toute une classe de CM1 faisant la même chose.

Une fois Talia à l'école, Madison regarda Ryan avec impatience.

— Si je me souviens bien de ton emploi du temps, tu vas au Rough Cut cet après-midi.

Il hocha la tête.

— J'ai un tas de livraisons qui arrivent. Et Grace sera là avant que nous partions rechercher Talia, alors je pourrai vous présenter.

— D'accord. Je voudrais travailler un peu ce matin, mais cet après-midi, je suis tout à toi, lui dit Madison joyeusement.

Ryan avait aussi du travail, ce qui convenait très bien à Madison.

Cela lui prit environ une heure, mais elle trouva exactement ce dont elle avait besoin pour finir sa première tâche juste avant le déjeuner. Quand Ryan frappa à la porte de sa chambre, elle venait de terminer d'emballer trois paquets pour lui.

— Je pensais que nous pourrions aller prendre un Subway en allant au pub, proposa Ryan.

— Ça me paraît super.

Si bien que, lorsqu'ils passèrent par la porte de derrière du pub de Ryan, Madison était complètement concentrée pour s'amuser.

— J'aurais dû te faire entrer par devant, la taquina-t-il. T'immerger dans l'ambiance correctement.

— Nous ferons ça la prochaine fois, suggéra Madison. J'aime bien ton local de réception. Joli accès avec la double porte.

— Ça empêche le froid et la neige d'entrer dans le pub, admit Ryan. Viens. Je vais te montrer rapidement le reste du lieu, puis nous pourrons manger et nous détendre jusqu'à ce que les livraisons arrivent.

Madison était enchantée de se promener aux côtés de Ryan en l'écoutant alors qu'il décrivait où se trouvaient les choses, avant ses améliorations. Le lieu n'était pas sophistiqué, mais il avait un joli décor apaisant, avec des tabourets assez solides et du parquet pour faciliter l'entretien.

Il fit un geste vers le bar de cinq mètres de long, et elle se mit à rire doucement en s'installant sur un des tabourets à l'ancienne et bien rembourrés qui étaient fermement fixés au sol.

— Tu as fait du bon boulot pour que cet endroit soit à l'épreuve des brutes.

Un sourire releva les lèvres de Ryan.

— Eh bien, la plupart de nos clients ne sont pas *trop* bruts de décoffrage. Mais nous n'avons pas grand-chose qui ne soit pas fixé. Inutile de chercher les problèmes.

La pièce était dominée par le bois à la teinte chaleureuse avec des touches de fer forgé noir, comprenant des appliques murales et des fers à cheval stratégiquement placés. Le lustre qui pendait assez haut du plafond au-dessus de la scène aurait eu l'air génial dans n'importe quelle maison de ranch, et il ajoutait une touche de familiarité au coin.

Partout où Madison regardait, elle voyait un détail qui lui faisait hocher la tête avec approbation. Comme les pancartes des toilettes, *Cow-girl*, *Cow-boy* et *Cow-folk*[1].

Elle croisa le regard de Ryan.

— J'aime beaucoup. Tu as fait un super boulot.

Il ne rougit pas, mais il eut l'air ravi.

— Tu ne peux pas dire grand-chose d'autre, étant donné que tu loges avec moi pendant un mois.

— Oh, champion, tu me connais mieux que ça ! le

réprimanda Madison. Si je voyais quelque chose qu'à mon avis tu dois arranger, tu le saurais si vite que j'en serais gênée.

Ryan haussa les épaules.

— Ouais, je suppose que tu as raison.

Il lui indiqua sur le côté de la salle une des tables basses où il avait déposé leur sac de déjeuner Subway. Il lui tira une chaise, puis Madison sortit leurs sandwichs.

— Maintenant, avant que nous ne soyons interrompus, tu *vas* me dire ce que tu as fait, dit Ryan avec une grande fermeté. Pendant ces trois dernières années, après notre dernière série d'e-mails.

Madison marqua une pause avant de prendre une bouchée de son sandwich.

— L'intégralité des trois dernières années ?

— Oui, tôt ou tard, insista-t-il. Mais pour l'instant, qu'est-ce que tu as fait comme travail dernièrement ? Et qu'est-ce qui t'attend à Toronto ?

Oh là, là. Madison se demanda par où commencer.

— Tu sais que je travaille à l'usine pratiquement depuis que je suis rentrée aider maman. Il y a deux ans, une fois que les garçons ont été assez grands pour être un peu plus responsables, j'ai commencé à assurer régulièrement le service chez Nighthawk en soirée.

Ryan poussa un sifflement bas à la mention d'un des night-clubs les plus selects de la région de Vancouver.

— Un endroit chic. Je suis content pour toi. Est-ce que tu vas passer à une de leurs filiales à Toronto ?

Madison prit une gorgée de soda puis hocha la tête.

— J'ai fini par faire le service de nuit, certains gros bonnets étaient sur place, et une chose en entraînant une autre, maintenant je déménage.

Il la regardait fixement désormais, son sandwich oublié levé en l'air.

— Comment se fait-il que j'aie l'impression qu'il y a tout un tas de détails vitaux dans cette histoire que je n'entends pas ?

— C'est que j'ai signé un accord de confidentialité, dit Madison doucement.

L'expression de Ryan lui tira un petit sourire.

Une confusion et une surprise complètes.

— Tu as un travail pour lequel tu as dû signer un accord de confidentialité ?

Elle hocha la tête.

— Voici ce que je peux te dire ça : je suis heureuse de la façon dont tout s'est réglé, et le travail à Toronto sera gratifiant. En plus, c'était le bon timing pour que je quitte Vancouver. Ma famille n'était pas prête à ce que je parte jusqu'à maintenant.

Ryan avait encore l'air surpris, mais il mangeait de nouveau. Il déglutit avant de parler, l'air résigné.

— S'il y a quoi que ce soit que je puisse faire pour t'aider, je veux le savoir.

— Si j'ai besoin de quoi que ce soit, je te demanderai, promit Madison.

— Je suppose que je vais devoir te croire sur parole.

Il fit un geste vers la pile de papiers qu'elle avait posée sur la table.

— Est-ce que tu as apporté des devoirs ?

— Pour toi, oui, répondit-elle en poussant les feuilles de l'autre côté de la table. Cette tâche était facile. Une fois que tu auras fait ton choix, je gérerai le reste des détails pendant les prochains jours. La première page te montre quelles sont les caractéristiques du lit en termes de fermeté du matelas et d'options de mémoire de forme.

Il attrapa les trois tas de papiers et les étala devant lui.

— Tu es vraiment un sacré numéro, Mad. Tu vas sérieusement me faire acheter un lit.

— À moins que tu ne me dises non, dit-elle joyeusement.

Au fait, je m'excuse de te le dire maintenant, mais j'ai sauté sur ton lit.

Il laissa échapper une exclamation moqueuse. Ryan passa une serviette sur sa bouche.

— Vraiment ? Quand ?

— Hier, quand tu es allé chercher les courses. Je voulais tester sa fermeté. Si ce que tu as maintenant te convient, je pense que ces trois choix fonctionneront tous bien.

Ryan secoua la tête, mais il souriait en tournant la deuxième page.

— Les prix.

— Je ne me suis pas donné la peine de rajouter le coût de la couette et des draps pour tous parce que cette partie-là sera identique quoi qu'il arrive. Tout ce que tu dois décider, c'est quel style de matelas te plaît et si tu veux un *queen-size* ou un *king-size*.

Il empila les papiers et les posa sur le côté. Puis il croisa son regard.

— Merci.

— De rien.

La première cargaison arriva peu de temps après, et Madison passa quelques heures agréables à aider Ryan à ranger son stock et à mettre à jour son inventaire.

Durant un arrêt au petit coin des cow-girls, Madison remarqua avec approbation qu'il y avait une affiche discrète scotchée derrière la porte de la cabine. *Si votre rencard dépasse les bornes, ou si vous ne vous sentez pas en sécurité et avez besoin d'aide, allez au bar et commandez un White Angel. Quelqu'un s'assurera que vous ayez un endroit sûr où aller ou un moyen de rentrer chez vous.*

Ryan avait créé un lieu pour que tout le monde se détende et s'amuse bien. Sauf les sales types. Madison approuvait.

Quinze minutes avant l'heure où ils avaient prévu de partir

pour aller chercher Talia, la directrice adjointe de Ryan apparut. Grace était une grande blonde robuste, aux alentours de la quarantaine, prompte à sourire et avec une poignée de main ferme.

— Alors, c'est vous Madison. Je ne sais pas si je devrais chercher une auréole ou des cornes, d'après les histoires que j'ai entendues sur vous, la taquina Grace.

— Je jure qu'il y a un ange sur mes deux épaules, déclara Madison avec un clin d'œil. Vous appréciez les affaires du pub ?

— On ne chôme pas, répondit Grace tranquillement.

Elle examina Madison plus attentivement.

— Ne nous serions-nous pas déjà rencontrées ?

— J'en doute. J'étais à Vancouver pendant pas mal d'années.

— Ce doit être la fréquence à laquelle il parle de vous, dit Grace en désignant Ryan du pouce, puis elle répondit à son roulement d'yeux par un sourire. Rien de neuf, je suppose. Tu seras là demain soir comme d'habitude ?

— Maddy et moi, oui, dit Ryan. Et samedi après-midi pour préparer les paniers de Noël.

— J'ai ma camionnette et quelques autres volontaires de prévus, alors la livraison des paniers est réglée.

Grace s'activait derrière le bar, préparant tout pour le soir et la monnaie pour la caisse. Elle leur fit signe.

— Je vous verrai demain, alors.

Ils se dirigèrent vers la sortie. Ryan s'avança pour ouvrir la porte, et ils sortirent ensemble sous le soleil. Dehors, le ciel était encore bleu vif dehors, mais le vent s'était levé.

Ryan passa un bras autour de la taille de Madison, utilisant son corps pour bloquer le froid.

— L'hiver est officiellement arrivé.

Sans crier gare, une rapide bouffée de chaleur traversa

Madison . Cela lui picota les sens et la chatouilla de l'intérieur. L'odeur de Ryan, la sensation de ses bras.

Inapproprié. La sensation brûlante d'attirance n'était pas la bienvenue. Pas quand c'était la proximité de *Ryan* qui déclenchait cette émotion. Elle n'était à Heart Falls que pour une courte période, et il était le seul meilleur ami qu'elle ait.

Hors de question qu'elle gâche ça.

Madison s'installa sur le siège de la camionnette, inspira profondément et ordonna à son corps égaré de bien se tenir.

Talia bougeait quasiment au ralenti alors qu'elle lavait la vaisselle, la tête tournée constamment vers Madison, pelotonnée sur le canapé en train de lire. Ryan était partagé entre l'amusement et l'exaspération de voir sa fille traîner délibérément. Ils ne pouvaient pas passer à la suite de la soirée avant que Talia n'ait terminé les tâches qui lui incombaient.

Quand il avait insisté pour que Madison laisse Talia faire le travail seule, il n'avait pas reçu de protestations.

En tout cas pas de la part de Madison.

— Fais-moi confiance. Je sais à quel point il est important que les corvées soient faites.

Elle avait ébouriffé les cheveux de Talia, lui avait souhaité bon courage, puis s'était plantée sur le canapé et avait sorti sa liseuse.

Ryan feuilleta l'échantillon de lits que Madison avait sélectionnés pour lui une dernière fois. Les différences de prix n'étaient pas trop extrêmes, et Madison avait aimablement noté qu'il aurait au moins quatre-vingt-dix jours pour essayer son achat et s'assurer que lit était confortable.

Alors, sa décision fut prise.

Et même si Madison avait donné l'impression que cette

tâche était facile, il savait que si lui avait dû en arriver à ce stade, avec la recherche Google et les informations à dénicher, ça aurait pris au moins deux semaines avant qu'il ne soit prêt à commander.

S'il avait commencé.

Il posa les informations sur le lit qu'il voulait sur la table basse, puis mit les deux autres liasses sur la bibliothèque. Il les recyclerait une fois que celui qu'il avait sélectionné serait approuvé.

— Madison, dit Talia doucement.

Maddy leva les yeux depuis le canapé.

— Tu as fini ?

Talia lança un coup d'œil à la grosse casserole toujours posée sur le plan de travail et poussa un soupir exagéré. Puis elle se retourna et dit d'un ton un peu plus empressé.

— Presque. Tu as dit que tu avais des photos. On peut les regarder ce soir ?

— Bien sûr, répondit Madison en lançant un coup d'œil à Ryan. À moins qu'il y ait autre chose à faire ?

— Autre chose sur ta liste ? demanda Ryan à Talia.

Elle lança un coup d'œil au frigo vers le tableau où leurs tâches ménagères étaient clairement indiquées.

— Je dois trier mon linge en piles, mais ça ne prendra qu'une minute.

Madison se redressa.

— D'accord. Je vais aller chercher les photos et les rapporter ici sur le canapé. Une fois que tu auras terminé, tu pourras me rejoindre. Ça te va ?

Talia cria pratiquement *oui* alors qu'elle bondissait sur le marchepied, frottant vigoureusement la dernière casserole.

Madison marqua une pause lorsqu'elle passa à côté de Ryan à l'entrée du couloir et se pencha pour lui chuchoter à l'oreille :

— Je me souviens de mes frères à cet âge-là. Ils essayaient constamment d'échapper aux tâches ménagères. Ils avaient toujours quelque chose de vital à faire. Ou une histoire qu'ils *devaient* me raconter qui était une question de vie ou de mort.

— Parfois j'ai l'impression que faire moi-même les tâches serait bien plus simple, mais je sais que, sur le long terme, c'est mieux qu'elle apprenne, acquiesça Ryan doucement.

Elle émit un petit rire, le doux son le frôlant alors que son souffle chaud lui effleurait la joue.

— Les enfants sont incroyables. Et terribles, *et* merveilleux.

Ryan entendit à peine ce qu'elle avait dit. Quelque chose le chamboulait, un pincement aux tripes. Il s'avançait déjà, prêt à lui attraper les hanches et l'attirer contre lui quand elle s'éloigna et disparut dans le couloir.

C'est quoi ce bazar ?

Il se retourna et traversa la pièce vers la porte d'entrée. Un instant plus tard, il se tenait sous le porche, en chemise, le vent glacé de décembre suffisant à peine à le refroidir.

Il inspira profondément et laissa la morsure vive du froid détacher les toiles d'araignée de son cerveau.

Du désir. Mettre un nom sur la sensation n'arrangeait rien. La reconnaître non plus, même si cela faisait longtemps qu'il ne l'avait pas éprouvée aussi vivement et clairement.

La porte s'ouvrit derrière lui. Talia le regarda de ses grands yeux marron, perplexe.

— Tu n'as pas mis de manteau.

Il se força à émettre un petit rire, se retourna, entra, puis ferma la porte à clé derrière lui.

— Je croyais avoir entendu quelque chose. Il n'y a rien. Peut-être que c'était le père Noël qui faisait un tour d'essai.

Remarquablement, Talia haussa un seul sourcil.

— *Papa.*

— Quoi ?

Avec une très légère trace d'insolence, elle pencha la tête et lui lança un coup d'œil.

— Tu n'as plus besoin de faire semblant pour le père Noël.

— Hé, je ne fais pas les règles. Tant que *quelqu'un* croit encore que le vieil elfe vole et livre des cadeaux à Noël, avec des rennes magiques et tout le reste, j'en parlerai comme si c'était vrai.

Talia roula des yeux et articula en détachant les syllabes :

— Il n'est pas réel.

Avant qu'il ne puisse à nouveau répondre, elle avait filé vers Madison et s'était installée sur le canapé près d'elle.

Madison lui lança un coup d'œil par-dessus son verre alors qu'elle prenait une gorgée.

Talia l'avait dit de manière appuyée, pas impolie, alors il lâcha l'affaire, haussant légèrement les épaules vers son amie. Pas impolie, mais c'était encore un pas sur le chemin de sa petite fille, évoluant vers autre chose que les histoires imaginaires et la magie.

Cette pensée le rendit un peu triste, cette fois. Il n'était pas sûr d'être prêt à abandonner ça.

Madison ouvrit l'album photo sur ses genoux et se tourna vers Talia.

— Voilà. Je t'ai dit que je t'ai connue quand tu étais bébé. Regarde.

Elle pointa la page du doigt.

Talia se mit à genoux et s'appuya contre Madison, le nez au-dessus de l'album.

— C'est moi ?

— Oui. Et c'est ta maman, et là, ton papa.

Un rire de petite fille résonna. Heureusement, le dédain précédent avait disparu. Talia leva les yeux vers Ryan, qui s'était assis en face d'elles.

— Papa. Tu ne ressembles plus à ça.

— Je parie que tu ne ressembles pas à celle que tu étais il y a dix ans non plus, la taquina Ryan.

— Viens voir, ordonna Talia.

Il s'approcha du canapé, mais alors qu'il allait s'asseoir près de Talia, elle le poussa vers l'espace libre de l'autre côté de Madison.

— Madison est au milieu. Comme ça, nous pouvons tous les deux regarder.

C'était la chose la plus naturelle du monde, s'asseoir à côté de Madison, regarder de vieilles photos, quand il avait été si heureux et que son monde regorgeait de promesses. Son épouse bien-aimée et son nouveau bébé. Une bonne amie venue pour une courte mais agréable visite, parce qu'elle ne pouvait pas s'échapper plus longtemps.

Ryan s'enfonça dans ses pensées pendant un instant tandis que Madison tournait les pages et montrait d'autres photos à Talia. Certaines de leur époque à l'université, certaines avec la famille de Madison.

Talia était émerveillée par une photo avec Madison, ses deux frères, et ses parents.

— Ils sont si petits ! Tes frères sont des bébés comparés à toi.

— C'est parce qu'ils *étaient* bébés, lui dit Madison. J'avais douze ans quand Joe et Kyle sont nés.

La petite fille cligna des yeux.

— Waouh !

Elle se concentra une minute.

— Tu étais plus grande que moi.

— Ouais.

— Est-ce qu'ils pleuraient beaucoup ?

Madison se renfonça dans le canapé et inspira profondément.

— Oh là, là, et comment ! Mais ils ont passé l'âge, et

maintenant ils sont presque adultes, et ce sont des personnes merveilleuses.

— Qui est-ce ? demanda Talia en pointant les parents de Madison du doigt.

— C'est ma maman et mon papa, lui répondit Madison simplement.

— Est-ce qu'ils vivent encore à Vancouver ?

— Ma maman, oui. Elle vit avec mes frères. Mon papa est mort il y a longtemps.

Talia se figea. Elle leva les yeux vers le visage de Madison, puis revint sur les photos.

— Comme ma maman. C'est arrivé il y a longtemps aussi.

— Oui. En fait, mon papa est mort environ un an avant ta maman, alors c'était une période triste pour nous tous.

Talia se pelotonna contre Madison, passa les bras autour du sien et le serra fort.

— Il m'arrive encore d'être triste que maman ne soit pas là.

— C'est normal. Mon papa me manque encore, et ta maman me manque, mais j'ai beaucoup de bons souvenirs. C'est à ça que j'essaie de penser quand je suis triste.

— Je n'ai pas vraiment de souvenirs de maman, chuchota Talia. Je n'étais qu'un bébé.

— Je sais, ma puce, dit Madison en passant un bras autour d'elle. Mais c'est ce qui est bien, avec les souvenirs. Nous pouvons les partager. Je partagerai de jolis souvenirs de ta maman avec toi pendant que je serai ici, d'accord ?

Pendant toute la durée de cette conversation, Ryan écouta silencieusement. C'était si simple, doux et déchirant en même temps. Il ne craignait pas un instant que Madison dise quelque chose de travers...

Ce qui le perturbait le plus, c'étaient les sensations qui s'imposaient à lui et interrompaient sans arrêt ses pensées.

Ce n'était pas le moment d'être aussi conscient de sa cuisse pressée contre celle de Madison. Ni de la manière dont elle tournait les pages de l'album photo, son coude frôlant son biceps, de la chaleur de leurs torses qui se touchaient.

Talia avait tendu la main devant Madison et tirait sur sa manche. La culpabilité l'envahit.

— Je suis désolée, ma chérie. Qu'as-tu dit ?

— Est-ce que maman aimait la période de Noël ?

Ryan hocha la tête.

— Beaucoup. Pas seulement le jour de Noël, mais toute la saison des fêtes. Elle aimait décorer, et elle aimait vraiment s'habiller et avoir un dîner chic pour le Nouvel An.

Répondre à la question lui permit de se concentrer sur autre chose que la réaction physique trop vive de son corps. Que se passait-il donc pour que même la douce odeur qui se dégageait de Madison – quelque chose de pur avec une touche d'orange – lui fasse perdre toute concentration ?

Quand la soirée se termina et que sa petite fille fut bordée dans son lit, Ryan s'assura de maintenir une certaine distance entre Madison et lui alors qu'ils étaient assis silencieusement et travaillaient sur différentes choses.

Elle prit des nouvelles de ses frères, il répondit à des e-mails.

Calme, cosy... intime.

Quand Madison lui souhaita enfin bonne nuit et quitta la pièce, Ryan ne sut pas s'il ressentait du soulagement ou de la crainte.

7

———

Vendredi était une des journées les plus chargées de l'emploi du temps de Ryan, et Madison n'avait aucune intention d'essayer de tenir le rythme.

Au petit déjeuner, elle exposa ses projets.

— Puisque tu seras à la caserne pendant tout le temps où Talia sera à l'école, j'ai pensé que je pourrais aller voir certains de ces endroits clés que Brooke a mentionnés. Si tu peux m'emmener en ville.

— Pas de problème, lui assura Ryan. Le Buns and Roses est un super endroit pour déjeuner.

— Je pourrais bien y finir. Brooke a appelé pour me dire que l'airbag de remplacement de ma voiture est arrivé. Elle prévoit de l'installer ce matin.

Talia se redressa sur sa chaise, les mains posées sur la table. Madison lui tendit l'assiette de pain grillé que la petite fille cherchait à atteindre.

— Pendant qu'elle travaillera, je ferai un tour.

— Ça a l'air d'un bon plan. Nous irons droit chez mes

parents après que j'aurai récupéré Talia à l'école. Tu es la bienvenue, bien sûr, la convia Ryan.

Il était facile de sourire.

— Je ne raterai ça pour rien au monde, lui assura Madison en lançant un coup d'œil à Talia.

Elle réserverait la conversation sur les idées pour le ballet pour le moment où Ryan et elle seraient tout seuls.

Madison passa rapidement commande pour le matelas que Ryan avait sélectionné tandis que l'activité du matin bourdonnait autour d'elle.

Ils déposèrent Talia à l'école, puis Ryan emmena Madison au garage de Heart Falls.

— Appelle-moi si tu as besoin de quoi que ce soit, lui dit Ryan sévèrement.

— Oui, monsieur, lança-t-elle avec un clin d'œil avant de traverser le parking enneigé et d'entrer dans la salle d'attente chauffée.

Debout près de la portière ouverte de la voiture de Madison, Brooke l'accueillit en agitant la main. Elle s'essuya les mains sur un chiffon en s'approchant du comptoir.

L'accueil de la brune fut chaleureux et sincère.

— Je vais remplacer l'airbag, mais mon père va faire le reste du contrôle. Je me demandais si tu voulais aller au café avec moi pendant qu'il travaille ?

— J'ai besoin d'un travail comme le tien, la taquina Madison. Mais si tu peux te libérer, ça serait super.

Brooke fut un geste vers les espaces vides du garage.

— Quand c'est rempli, nous travaillons. C'est le calme avant la tempête, sûrement littéralement, puisque nous sommes en décembre. Mon père a dit qu'il voulait prendre du repos la semaine prochaine, ce qui veut dire que j'ai du temps libre aujourd'hui.

— Super système.

Madison regarda autour d'elle le garage étincelant avec toutes les machines high-tech alignées près des bancs à l'ancienne et ce qui ressemblait à des instruments de torture archaïques.

Pendant que Brooke travaillait, Madison s'emmitoufla et alla marcher dans Main Street, essayant de se familiariser avec l'endroit.

Il faisait froid mais le temps était clair, et le ciel au-dessus d'elle était d'un bleu turquoise. Chaque inspiration qu'elle prenait rafraîchissait jusqu'à sa gorge, et des nuages se formaient à chaque expiration. Elle sortit des gants de sa poche, enfonça un peu plus son bonnet et marcha d'un bon pas.

Un des côtés de Main Street était bordé de voitures garées en épi le long d'un large trottoir. Sur le côté opposé avaient été construites une jolie passerelle en bois et des rampes d'accès placées stratégiquement le long du chemin. Des vitrines offraient un large éventail de décorations, en partant de minuscules villages avec des lumières étincelantes et de la neige artificielle jusqu'au fond d'un lac, étrangement recréé dans celle du grand magasin. Un hameçon géant traversait une couche de fausse glace, et une collection de poissons portant des bonnets de père Noël était pendue à différentes hauteurs, le regardant d'un air soupçonneux.

Le Rough Cut se trouvait du côté de la passerelle, les quatre coins de ses vitres décorés de neige artificielle. De larges volets en bois encadraient les fenêtres de chaque côté, et un panneau sur fond de sequins noirs proposait des menus.

Madison se rapprocha pour regarder ce qui était affiché. Elle remarqua avec satisfaction que Ryan proposait des spécialités culinaires tous les soirs, mais qu'il y avait aussi quelques activités périodiques l'après-midi. Du cribbage[1] les mardis et l'association de patchwork les mercredis.

— Madison. *Madison !*

Elle se retourna, surprise d'entendre la voix aiguë de Talia.

Le soulagement l'envahit quand elle la remarqua en train de marcher en rangs avec ses camarades, agitant la main frénétiquement alors qu'elle, tandis que la classe se dirigeait tous dans un des magasins de la rue. Madison lui rendit le geste puis les suivit.

Elles étaient entrées dans une librairie, et Madison se rendit compte que c'était celle que Brooke avait mentionnée dans sa liste des endroits à voir. La cloche au-dessus d'elle tinta doucement lorsque Madison entra et s'arrêta.

Les élèves s'étaient rassemblés d'un côté de la pièce, s'installant dans une large zone moquettée tandis qu'un homme imposant à la peau brune et aux cheveux noirs bien coupés qui grisonnaient aux tempes s'installait sur une chaise devant eux.

— Bienvenue à Fallen Books, les CM1. Juste un rappel : je m'appelle Malachi Fields.

— Bonjour, M. Fields, répondit toute la classe quasiment à l'unisson.

— Je suis content que vous soyez revenus. Aujourd'hui, nous allons parler des traditions dans différentes parties du monde.

Il sortit des livres aux couleurs vives sur le présentoir près de lui et commença à montrer des photos et à raconter des histoires sur la manière dont les différentes cultures célébraient des événements marquants.

Madison regarda un moment, souriant lorsqu'elle vit Talia lever la main pour répondre à des questions et parler doucement avec la petite fille à côté d'elle.

Le magasin était rempli de livres magnifiques et tentants, y compris un thriller qui lui faisait envie depuis un moment. Madison prévoyait de revenir bientôt pour l'acheter.

Mais pour l'instant, elle s'éloigna discrètement avant de déranger la classe. Elle reprit son exploration de Heart Falls et regarda sa montre pour s'assurer de retourner au garage à temps pour rejoindre Brooke.

Sa nouvelle amie se trouvait derrière le comptoir. Elle posa la paperasse qu'elle remplissait, attrapa un manteau accroché au mur et s'habilla rapidement.

— Allons-y avant que tu ne surchauffes et que tu ne doives retirer toutes tes affaires.

Madison lui tint la porte.

— Il fait frisquet dehors. J'avais oublié à quel point il faisait froid en Alberta l'hiver.

— La région de Vancouver est toujours froide en hiver elle aussi, n'est-ce pas ? demanda Brooke.

— Froide et humide, ce qui est particulièrement désagréable, mais pas très souvent *aussi* froide, lui répondit Madison. Et je ne sais pas si vous avez un temps plus froid ici qu'à Edmonton, parce que c'est là que je vivais le plus souvent.

Elles marchèrent côte à côte dans Main Street vers le café cosy appelé Buns and Roses. Une lumière dorée et chaleureuse brillait par les vitres, et l'odeur la plus incroyable emplit le nez de Madison alors qu'elles entraient.

— Miam. Je pense que je vais simplement rester là et inspirer profondément pendant environ une demi-heure, dit Madison.

Brooke se mit à rire, attrapa Madison par le bras et la tira vers une petite table – une des seules disponibles dans toute la salle.

— Ça serait zéro calorie, mais crois-moi, il faut que tu te laisses tenter.

Derrière le comptoir, deux femmes préparaient rapidement les commandes. Celle avec des cheveux blonds et la peau blanche comme de la crème portait des couettes sur le dessus de la tête et avait fixé des clochettes pour les attacher. Chaque fois qu'elle bougeait, les clochettes sonnaient, si bien qu'elle tintait presque constamment. Elle avait un large sourire et discutait tranquillement avec les gens qu'elle servait.

La deuxième femme contrastait avec la première. Elle avait quand même l'air accessible, mais avec plus de cérémonie que du genre « prête à être votre meilleure pote ». Elle avait la peau la plus fantastique que Madison ait jamais vue. D'un marron profond avec un éclat brillant qui donnait l'impression qu'elle était prête à monter sur un podium. De longs cheveux bruns nattés pendaient sur son épaule, et elle portait un bonnet de père Noël alors qu'elle utilisait la machine à expresso.

— Tansy est sur la gauche, lui dit Brooke. Sa sœur, Rose, prépare les cafés.

Madison hésita un instant. Les deux femmes ne semblaient pas liées par le sang.

— Talia a mentionné que Rose était une des personnes avec qui Ryan travaille.

— À la banque alimentaire, expliqua Brooke. Ils sont coordinateurs. Nous la verrons demain après-midi quand nous ferons les paniers.

Il fallut à Madison une certaine concentration pour lire le menu écrit à la main sur le mur et détacher les yeux de la magnifique Rose. À l'évidence, elle était quelqu'un à faire figurer sur la liste des femmes potentielles avec qui sortir pour Ryan, puisqu'il travaillait avec elle.

Seulement, une sensation de gêne chatouilla les entrailles de Madison.

Mais quand on leur apporta leur commande, elle s'était ressaisie – en partie parce que la compagnie de Brooke était très agréable.

Celle-ci venait de terminer de lui décrire son mariage avec Mack et leur lune de miel qui les avait emmenés à Universal Studios. Brooke s'adossa à sa chaise, les deux mains autour de son café.

— Waouh. Ryan m'avait prévenue, mais je pensais qu'il plaisantait.

— À propos de quoi ?

Madison était tentée de lever l'assiette et de lécher les miettes de sucre à la cannelle dessus. À la place, elle attrapa les plus gros morceaux du bout du doigt et les porta ainsi à sa bouche. C'était sûrement impoli, mais ils étaient vraiment trop bons pour les gâcher.

Brooke leva un doigt et l'agita lentement.

— Tu poses une question, puis je passe les dix minutes qui suivent à y répondre. Puis je te pose une question et curieusement, en l'espace d'environ deux phrases, tu me fais de nouveau parler.

Voilà de quoi Ryan l'avait avertie ? Trop drôle. Madison croisa le regard de Brooke sans détour et lui demanda d'un visage parfaitement sérieux :

— Et pourquoi à ton avis ?

Brooke éclata de rire et attira l'attention des gens assis autour d'elles. Elle s'avança, posant sa tasse de café sur la table.

— Je t'aime bien.

Une sensation de chaleur bourdonnait dans le ventre de Madison.

— Je t'aime bien aussi.

Son téléphone vibra sur la table. Normalement, elle l'aurait ignoré, mais un rapide coup d'œil lui annonça que c'était son frère, et c'était un moment inhabituel pour qu'il appelle.

Elle leva les yeux vers Brooke et s'excusa.

— Désolée, je dois répondre.

— Pas de problème. Je vais aller nous prendre un dessert.

Madison se leva de table et se dirigea vers le couloir où se trouvaient les toilettes pour avoir un peu d'intimité et ne pas déranger le reste du café.

— Joe ?

On entendait un très léger tremblement de panique dans sa voix, ainsi qu'une tonne de frustration :

— Hé, Mad. Désolé de t'appeler, mais peux-tu parler à la personne qui s'occupe des inscriptions pour moi ? Elle dit qu'il y a un problème avec mes cours pour le prochain semestre, et je n'arrive pas à trouver comment arranger ça.

Bon sang.

— Bien sûr, frérot. Ce n'est sans doute qu'un bug. Ne t'inquiète pas, lui assura-t-elle

— D'accord. Je te la passe.

Sa voix semblait déjà plus ferme. Comme s'il savait que Madison ne le laisserait pas tomber.

Heureusement, ce n'était qu'un problème informatique, qui fut facilement résolu une fois que la secrétaire se rendit compte qu'elle essayait de mettre à jour la liste des cours pour une *Josephine Joy*, dont le numéro d'étudiant avait seulement deux chiffres d'intervertis avec celui de Joe.

Il reprit le téléphone, parlant à voix basse.

— Merci. Elle n'a pas l'air très contente en ce moment.

— Les erreurs, ça arrive. Et maintenant nous savons que voici confirmés des cours fantastiques qui te fourniront assez de devoirs pour te tenir loin des problèmes.

Madison retourna vers la table où Brooke posait des assiettes devant leurs deux chaises.

— Ça va maintenant ? continua-t-elle.

— Ouais. Je t'aime, dit Joe rapidement. À plus tard.

Madison s'assit et posa le téléphone sur le côté, regardant l'énorme brownie couvert de ce qui semblait être plus de deux centimètres de glaçage.

— Veux-tu m'épouser ?

Brooke rit doucement avant de croiser le regard de Madison.

— Tout va bien ?

Elle coupa un petit morceau et le transperça avec sa fourchette. Madison examina le riche gâteau moelleux alors que l'odeur du chocolat la taquinait.

— Tout va bien. Un de mes frères avait des problèmes avec son inscription à l'université. Nous avons arrangé ça.

— Contente que ce soit quelque chose de simple, dit Brooke en prenant une bouchée de son brownie et en émettant un son de plaisir. *Un* de tes frères. Tu en as d'autres ?

— Deux en tout. Ils font la paire. Ils ont eu dix-huit ans en juin dernier et explorent maintenant le monde merveilleux de l'éducation supérieure.

Madison prit une première bouchée et grogna. Quand elle put parler de nouveau, elle pointa simplement sa fourchette vers le brownie.

— Waouh.

— Je sais, hein ? Attends. Si tu restes dans le coin ce mois-ci, je t'amènerai à la soirée entre filles. Tansy prépare toujours quelque chose de très bon, ça t'en bouchera un coin.

Brooke retourna à son café.

— Alors, continua-t-elle, maintenant que tu sais tout de moi, de mon mari, ainsi que depuis combien de temps je vis à Heart Falls, et quel genre d'électroménager j'ai chez moi – c'était un tournant vraiment bizarre de la conversation, au fait –, je veux en savoir plus sur toi.

— Je suis une amie de Ryan depuis toujours, dit Madison. J'ai deux frères, une mère. Mon père est décédé il y a un certain nombre d'années. J'ai été barmaid pendant l'essentiel de ma vie d'adulte, et j'ai vraiment hâte de passer un moment relaxant ici à Heart Falls pendant les fêtes.

Brooke hochait lentement la tête.

— Et en moins d'une minute, tu viens de m'en apprendre plus que tu ne m'en as dit pendant les quarante-cinq précédentes.

Madison haussa les épaules.

— Je suis curieuse des gens. Je sais déjà ce qui me concerne. Je n'ai pas besoin de parler de *moi*.

Brooke se mit à rire avec elle.

— Ouais, eh bien, habituellement les gens *aiment* parler d'eux-mêmes. Je pense que tu es très intéressante, Madison Joy. Je veux qu'on se revoie pour en découvrir plus.

— Alors c'est une bonne chose que je reste à Heart Falls pendant les fêtes, n'est-ce pas ? répondit Madison alors qu'une chaleureuse sensation de joie l'envahissait.

Cette sensation s'attarda durant le reste du repas et pendant qu'elle allait chercher sa voiture au garage.

Passer du temps avec Ryan était la raison de sa venue à Heart Falls, mais quand elle y repensa un peu plus cet après-midi-là alors qu'elle prenait quelques notes pour la possible levée de fonds de Ryan, Madison dut admettre qu'elle n'avait pas pensé assez grand.

Pouvoir passer du temps avec quelqu'un comme Brooke était important aussi. Les moments avec de bonnes amies étaient une chose qui avait manqué à Madison pendant les années passées.

Elle allait dire oui à chaque occasion qu'on lui offrirait. Elle s'imprégnerait d'amitié et d'esprit de famille, comme ils viendraient.

Madison Joy allait s'accrocher de ses deux mains et vivre la vie pleinement.

8

Après avoir récupéré Talia à l'école, Ryan se concentra sur la nationale pour rentrer sans danger et laissa sa fille discuter avec Madison.

— Et je dois encore m'entraîner chez Nâinai et Yéyé. Je peux te montrer là où j'ai besoin d'aide pour ne pas me cogner pas dans le mur.

Talia tapota l'arrière du siège de Madison.

— Veux-tu rester chez mes grands-parents ce soir ?

Avant que Ryan ne puisse suggérer que ce n'était peut-être pas une bonne idée, Madison le devança.

— J'aime tes grands-parents, dit Madison en lançant un coup d'œil par-dessus son épaule. Mais si j'y passe la nuit, j'aurais dû le leur demander plus tôt. Et j'aurais dû m'assurer d'emporter les affaires dont j'aurai besoin pour cette visite.

— Mais tu ne l'as pas dit à papa avant de venir nous rendre visite, signala Talia.

Madison lança un coup d'œil à Ryan, et ils échangèrent un bref regard.

— Tu as raison, Talia, et c'était impoli. Je ne vais pas être impolie avec tes grands-parents.

— Mais ça ne les dérangera pas, insista Talia.

— Talia. Ça suffit, dit Ryan fermement. Vous avez toutes les deux raison. Madison aurait dû me dire à l'avance qu'elle venait, et nous allons en retenir une leçon. Nous verrons si une visite plus longue chez Nâinai et Yéyé est possible plus tard.

Sa fille se renfonça dans son siège, légèrement mécontente.

C'était vraiment le bon moment pour une distraction.

— Nous devons aussi parler de ton anniversaire. Nous devons décider quel jour le célébrer pour pouvoir demander à tes amies de venir à ta fête.

Madison se retourna sur son siège.

— C'est vrai. Ton anniversaire approche.

Pas un mot ne provint de l'arrière.

C'était une réponse très inattendue. Ryan lança brièvement un coup d'œil derrière lui et découvrit que Talia regardait par la vitre.

— Ma chérie ? Tu m'as entendu ?

Un énorme soupir échappa à Talia. Il était si énorme que Ryan imagina que, s'il regardait par-dessus son épaule, il ne trouverait rien d'autre qu'un ballon dégonflé attaché sur son rehausseur. Puis elle parla, doucement mais clairement.

— Je ne veux pas de fête.

Madison fronça les sourcils mais ne dit rien.

Peut-être que ce n'était pas le meilleur sujet à aborder pendant qu'ils roulaient sur la nationale. Mais habituellement, Ryan découvrait qu'il pouvait parler de n'importe quel sujet et que Talia bavardait pendant presque tout le trajet d'une heure et demie.

Elle aurait encore dû déborder de projets de fête d'anniversaire quand ils arriveraient dans l'allée de ses parents.

Ryan chercha une solution mais décida que c'était le moment de repousser la discussion jusqu'à ce qu'il puisse y accorder toute son attention.

— Eh bien, réfléchis-y encore, et après le week-end, nous trouverons ce que tu veux faire.

Dans le rétroviseur, les lèvres de Talia se pincèrent en une mince ligne horizontale comme si elle se forçait à garder le silence.

Heureusement, cela ne dura que quinze secondes, même si, lorsqu'elle commença à parler, ce ne fut pas de projets d'anniversaires.

— Madison, je t'ai vue aujourd'hui. Quand j'étais en sortie scolaire.

— Je t'ai vue aussi, répondit Madison.

Et heureusement, la conversation reprit son cours avec Talia qui bavardait, Madison qui riait, et lui...

Lui légèrement perplexe qui espérait vraiment que quelqu'un finirait par lui expliquer ce qui se passait.

Le foyer de ses parents était un petit duplex à trois pâtés de maisons de l'hôpital. Ils furent accueillis par des étreintes, y compris Madison, qui fut enveloppée par la mère de Ryan comme si elle était une enfant perdue de vue depuis longtemps.

— Douce Madison. J'étais si contente quand Ryan a dit que tu viendrais nous voir !

La tête de la mère de Ryan n'arrivait qu'au menton de Madison, mais elles s'embrassèrent étroitement, son père se tenant sur le côté, à attendre son tour.

Madison avait fermé les yeux, un doux sourire sur le visage. Elle avait l'air de s'imprégner des étreintes, d'abord de celle de la mère de Ryan, puis de celle de son père.

Elle s'éloigna d'eux et secoua légèrement la tête.

— Vous m'avez beaucoup manqué tous les deux. Mais vous

avez été dans mes vœux et mes pensées au cours des années. Je suis contente de vous voir aussi en forme.

— Et toi aussi.

La mère de Ryan tenait la main de Madison alors qu'elle la regardait de plus près. Elle claqua la langue.

— Sauf que tu es trop maigre. Viens. Ce soir tu vas manger un *vrai* repas.

— Madison doit voir ma chambre, insista Talia.

Le père de Ryan haussa un sourcil.

— Madison peut aller avec toi pendant que tu emportes ton sac dans ta chambre. Puis vous vous laverez les mains et nous rejoindrez à table.

Madison échangea un coup d'œil avec Ryan. Elle souriait d'une oreille à l'autre.

— C'est comme si nous étions de retour au lycée.

— J'espère que non. Je ne veux pas devoir *encore* aller au bureau du principal pour entendre que vous distrayez la classe, dit la mère de Ryan d'un ton sévère.

Elle se tourna vers Ryan et pointa la cuisine du doigt :

— Vas-y. Lave-toi les mains, puis tu pourras m'aider à mettre les plats sur la table.

Un rire échappa à Madison alors qu'elle prenait le sac de Talia, ses doigts liés à ceux de la petite fille alors que cette dernière tirait *Maddy* vers sa chambre.

C'était comme voyager dans le temps. En dehors du fait qu'ils étaient tous plus âgés, et que Talia était là, cette sensation merveilleuse de confort était revenue.

Pendant le repas, Madison recommença : elle découvrait exactement ce que tous les autres avaient fait pendant qu'elle-même ne disait pas un mot de ses projets, de son passé.

Ils étaient à la porte d'entrée en train de se préparer à rentrer à Heart Falls quand la mère de Ryan emprisonna Madison dans son étreinte.

— Reviens nous rendre visite pendant que tu es ici, ordonna-t-elle.

— Oui, mère, répondit Madison gaiement.

Talia était encore un peu silencieuse, mais elle vint embrasser Ryan fermement et déposa un énorme bisou sonore sur sa joue. Quand il la reposa, elle se dirigea vers Madison, les bras écartés.

Madison s'agenouilla.

— Oui ? Est-ce une autre de tes positions de danse ?

Talia ne bougea pas et garda simplement les bras écartés.

— Tu es censée me faire un câlin, l'informa la fillette.

— Oh, je suppose que je peux faire ça, dit Madison.

Seulement, elle ébouriffa d'abord les cheveux sur le dessus de la tête de Talia, puis au milieu de l'étreinte, l'une commença à chatouiller l'autre, parce que des gloussements retentirent.

Ce fut un départ bien plus joyeux que prévu.

Madison attendit qu'ils soient sur la route principale pour se mettre à parler.

— Tes parents sont merveilleux. La cuisine de ta mère est fantastique, et ils ont l'air d'être vraiment heureux dans leur nouveau foyer. Et ton père semble aller bien.

— C'est le cas. Il doit simplement se surveiller.

Ryan commença mentalement à anticiper le reste de la soirée, qui ne commencerait officiellement que lorsqu'ils arriveraient au Rough Cut.

— Ça te va si nous faisons du brainstorming pendant que nous roulons ? demanda Madison.

— Bien sûr. À propos de quoi ?

Bien sûr, elle commença par la bombe.

— Qu'est-ce que c'était ? Talia qui ne veut pas de fête d'anniversaire ? Son anniversaire est le jour de Noël. Quand le fêtez-vous habituellement ?

— Elle a un gâteau le vingt-cinq, mais nous faisons

habituellement une fête la semaine précédente, suivant les dates de vacances scolaires, répondit Ryan, qui haussa les épaules. Je ne sais vraiment pas ce qui se passe. La semaine dernière elle parlait de faire une soirée pyjama, alors cette idée de ne pas faire de fête... Nous résoudrons ça quand elle sera rentrée dimanche.

— Souviens-toi que je suis disponible pour t'aider, dit Madison avant de changer complètement de sujet. J'ai une idée pour ta levée de fonds.

Ryan cilla.

— D'accord.

— Ça veut aussi dire que Talia et ses amies pourront faire leur spectacle de danse.

Madison se tourna vers lui en ajustant sa ceinture de sécurité.

— J'ai parlé à Charity, et cette partie-là est parfaite.

Ryan secoua légèrement la tête.

— Tu n'as encore qu'une seule vitesse, n'est-ce pas ? Engagée à fond.

— Ouais, acquiesça Madison. Est-ce que tu connais *Casse-noisette* ?

Pendant une seconde, il fut perdu avant de se rendre compte qu'elle parlait du ballet. Il fit la grimace.

— Pas personnellement.

— Parfait. Bon, tu sais que, dans certaines kermesses, tu paies pour essayer de faire tomber des gens dans le « tombe à l'eau » ?

Que manigançait-elle ?

— Oui, mais nous sommes actuellement en décembre en Alberta. Je ne pense pas que ce soit une bonne chose de jouer avec l'hypothermie.

— C'est à l'*autre* partie que je pense. Celle où les gens sont prêts à payer pour regarder quelqu'un faire quelque chose de gênant. Dans ce cas, je ne parle pas d'être plongé dans l'eau, mais de devoir monter sur une scène.

— Continue.

Parce que même si ça ne menait à rien, observer le cerveau de Madison à l'œuvre était un régal.

Elle s'appuya contre le tableau de bord et lui fit un grand sourire avant de se renfoncer sur son siège.

— O.K., alors je ne peux pas m'attribuer tout le mérite pour ça, parce qu'un de mes frères a été impliqué dans une représentation fofolle de *Casse-noisette* il y a des années, et j'ai pensé que c'était plutôt malin.

— Je ne connais pas l'histoire de *Casse-noisette*, la prévint Ryan.

— Tant mieux. Parce que ça n'aura rien à voir avec la version habituelle, dit-elle en riant. L'idée est que nous avons les grandes lignes d'une histoire, et que différentes personnes jouent chaque scène. Ce qui veut dire zéro entraînement de groupes et une journée de représentation très simple. Je vais expliquer la logistique plus tard, mais ce dont nous avons besoin c'est de trouver une variante de *Casse-noisette* qui fonctionne pour ta communauté.

— Je croyais que *Casse-noisette* était très traditionnel.

Madison haussa les épaules.

— Pour certaines personnes, oui. Pour nous, nous devrions faire ce qui marchera le mieux. Ce qui veut dire que nous devons trouver de super scènes dans lesquelles on voudrait absolument investir pour qu'un de nos amis l'interprète. Par exemple, combien est-ce que tu paierais pour voir Brad Ford faire semblant d'être une marguerite flottant dans la brise ?

Ryan laissa échapper un rire moqueur avant de pouvoir se retenir.

— Seigneur. Où est-ce que je signe pour mettre mes vingt dollars ?

Madison se frotta les mains.

— Tu vois ? Maintenant tu piges. Laisse-moi m'inquiéter des détails, mais faisons un brainstorming une minute.

— Pour ton histoire non traditionnelle de *Casse-noisette* ?

— Absolument. Voici les grandes lignes très, très basiques dans lesquelles je veux mettre la pagaille... Et il y a déjà un million de variantes de ce scénario. C'est juste celui qui fonctionnera le mieux pour nous à mon avis.

Il ne dit rien pendant qu'elle passait en revue une liste qui incluait des poupées magiques, un casse-noisettes et des petits soldats, mais quand elle mentionna un roi des Souris, il eut enfin quelque chose à suggérer.

— Si tu veux que ce soit vraiment local, ce n'est pas une souris qui aura le rôle du méchant, ce sera un rat.

Le sourire de Madison s'épanouit.

— Tu as raison. Il n'y a pas de rats en Alberta.

— Et si quelqu'un doit *se battre* contre le roi des Rats, ce devrait être la patrouille des rats.

Madison sortit un carnet de quelque part et prit des notes avec enthousiasme.

— Continue. Quand ils auront vaincu le roi des Rats, le soldat se transforme en beau prince et les emmène au royaume des délices. C'est là que les filles danseront.

— La patrouille des rats n'irait pas au royaume des délices, dit Ryan en riant. Ils iraient probablement dans une ferme magique.

Elle poussa un cri de joie et l'écrivit.

— Parfait. Ce qui veut dire qu'au lieu d'avoir des sucreries dansantes, nous aurons des animaux de la ferme.

— Seigneur, mes amis vont nous tuer. C'est incroyable, dit Ryan joyeusement.

— Tu n'as pas à avoir l'air aussi ravi, dit Madison, mais elle riait aussi.

— Crois-moi, c'est une bonne chose, lui assura Ryan.

— Dis-moi.

Son ton fut beaucoup plus sérieux pendant un instant.

— Penses-tu que tes amis seraient d'accord ? demanda-t-elle. Pas seulement pour payer, mais vraiment pour participer si quelqu'un file de l'argent avec *leur* nom ?

Ryan réfléchit un instant, puis hocha vivement la tête.

— Je pense que la plupart d'entre eux se presseront à l'avant de la queue pour se porter volontaires.

Elle eut l'air enchantée.

— Alors je vais organiser ça, et nous pourrons commencer par une liste d'inscription de volontaires demain pendant les paniers de Noël.

Il tendit la main et attrapa la sienne, la serrant fort.

— Tu trouves ces trucs-là tout le temps et tu donnes l'impression que c'est si facile ! Mais je suis vraiment content que tu aies dirigé ton énergie créative vers quelque chose qui va avoir un impact dans ma ville. Merci.

Elle eut l'air surprise un instant.

— Bien sûr. De rien.

La dernière partie du trajet passa rapidement pendant que Madison continuait de lancer des idées, Ryan y répondant. Quand ils arrivèrent sur le parking devant le Rough Cut, Madison mettait la touche finale à sa première ébauche pour la représentation.

Sur le parking, avant qu'ils n'entrent, Ryan fut stupéfait quand Madison se mit en travers de son chemin. Elle passa les bras autour de lui, lui souriant, un grand plaisir se lisant sur tout le visage.

— Je me suis tellement amusée. Merci.

Elle l'étreignit, serrant fort ses bras autour de lui, le visage pressé contre son torse.

Ryan la serra et s'imprégna de cette étreinte.

— Je me suis amusé aussi.

Il s'était amusé, c'était la vérité, mais une autre vérité émergeait. Alors que son nez frôlait les mèches des cheveux de Madison, l'odeur de son shampoing et la fragrance unique de sa peau remuèrent quelque chose en lui. Il y avait des épaisseurs entre eux – beaucoup, parce que c'était une journée froide de décembre, synonyme de vêtements, de manteaux et d'écharpes.

Il n'aurait pas dû être aussi conscient de sa féminité.

Dans ses bras. Douce et pourtant forte.

Elle le serra une dernière fois avant de reculer et de l'embrasser. Une pression ferme de ses lèvres contre sa joue avant qu'elle ne le lâche complètement et ne se dirige vers la porte.

Inconsciente du fait qu'elle venait de faire exploser une bombe quelque part au fond de lui.

D'une manière ou d'une autre, Ryan fit bouger ses pieds. Il trébucha derrière elle, le corps apparemment incapable de fonctionner correctement. Ses joues le picotaient, et ses jambes étaient chancelantes...

D'autres parties de son anatomie avaient réagi aussi, et ce n'était pas normal. Avec cette journée froide, tous leurs vêtements, et tout le reste, c'était comme deux bonshommes de neige qui seraient entrés en contact, et pourtant...

Ryan inspira profondément, et la morsure du froid hivernal fila dans sa gorge, puis dans ses poumons, assez vive pour le faire tousser, le faire se tendre sous la douleur physique au lieu de l'excitation sensuelle de son corps.

Non. Ils venaient de passer une heure et demie à parler de vaches dansantes, bon Dieu ! Il n'allait pas laisser ce désir charnel inexplicablement erratique qui ne cessait de le frapper sans prévenir détruire leur relation.

Ryan suivit Madison dans le bar, se rendant aussi froid à

l'intérieur que possible. Meilleurs amis. Ils étaient meilleurs amis. *Point.*

Son corps lui faisait mal, et son cerveau lui suggéra une centaine d'excuses différentes selon lesquelles s'investir serait en fait une bonne idée.

C'était une bonne chose qu'il ait du travail.

9

Tout reprit sa place assez rapidement une fois que Ryan se fut lancé pleinement dans son travail au pub pour se distraire. Cela l'aida que Grace ait emmené Madison pour l'assister derrière le bar, car la soirée était bien plus chargée que les derniers jours.

Après être restés debout jusqu'à 2 heures du matin, Madison et lui firent la grasse matinée le samedi.

Ryan réussit à se réveiller avant elle, ce qui était une bonne chose à bien des égards. D'abord, cela lui permit d'aller courir et de faire des étirements, ce qui l'aidait toujours à trouver comment se recentrer paisiblement. L'attraction qu'il ressentait était très logique. Madison était une femme magnifique, et maintenant qu'il pensait de nouveau à sortir avec quelqu'un, il était normal que ses désirs sexuels niés depuis longtemps commencent à remonter à la surface.

Savoir que les étincelles qu'il ressentait quand il la regardait étaient naturelles voulait dire qu'il pouvait accepter ses envies sans passer à l'action.

Le plus important à faire avant que Madison ne se réveille

était de trouver un moyen de cacher le pull moche de fêtes quelque part où elle le trouverait. Puisque cela faisait quelques jours qu'elle l'avait piégé, elle ne devait plus être aussi prudente. Il avait hâte que ce soit à son tour de devoir le porter en public.

Il était sur le sol du salon, penché sur sa jambe tendue quand Madison entra en traînant les pieds dans la pièce. Des chaussettes vert fluo aux pieds, cette fois, elle bâilla et s'étira. Son sweat-shirt se releva, révélant une partie de son ventre nu, et un coup sourd résonna quelque part près de l'entrejambe de Ryan.

Ignorant les hormones qui le traversaient, Ryan sourit.

— Tu étais beaucoup plus fatiguée que je ne m'y attendais.

Elle examina la machine à café.

— Je ne me suis pas couchée si tard depuis un moment. Est-ce qu'elle est prête à être allumée ?

— Ouais. Appuie sur *Démarrer*.

Il réfléchit un instant au commentaire de Madison.

— Comment as-tu pu travailler dans un bar sans devoir rester debout tard ?

Madison se retourna et s'appuya contre le plan de travail alors que la machine à café commençait à glouglouter près d'elle. Elle bâilla de nouveau, arqua le dos, et son sweat-shirt s'étira sur sa poitrine.

— En fait, je ne travaille plus au bar depuis septembre.

D'accord.

Ryan se leva et s'approcha de Madison, ignorant l'envie d'examiner chaque centimètre de son corps. Puisqu'il avait enfin réussi à commencer à la faire parler, il allait en profiter.

— Maddy, sans briser ton accord de confidentialité, peux-tu m'en dire un peu plus ? Est-ce que ça va ? Comment donc peux-tu ne pas travailler depuis le mois de septembre et ne pas avoir de problèmes financiers ?

L'odeur du café flotta dans l'air. La ventilation bourdonnait quelque part dans les pièces à l'arrière de la maison, mais ce fut la lente inspiration et l'expiration encore plus lente de Madison qu'il entendit dans les moindres détails. Et ce qu'il vit, ce fut le mordillement sur sa lèvre inférieure alors qu'elle s'efforçait de trouver ce qu'elle pouvait dévoiler.

Au diable tout ça ! Ryan l'attira dans ses bras et la serra contre lui. Le corps de Madison resta raide pendant un instant, les épaules rigides, la colonne vertébrale bien droite. Il lui caressa le dos de haut en bas d'une main, avec des murmures apaisants jusqu'à ce qu'elle se détende très légèrement, s'appuyant plus fort contre lui et inspirant profondément. Il parla doucement, aussi rassurant qu'il le put.

— Je n'essaie pas de rendre les choses plus stressantes. Dis-moi simplement ça : quoi qu'il se passe, est-ce une bonne chose ?

Elle enfonça le visage contre son cou, avec un soupir de bonheur, a priori.

— C'est bien. Vraiment, ne t'inquiète pas pour moi. Fichu accord de confidentialité.

Ils restèrent là, s'étreignant, jusqu'à ce que le café glougloute les dernières gouttes dans la verseuse.

Ryan fut ravi qu'il ne soit question que de confort à ce moment-là. Rien de sexuel ne le distrayait de sa capacité à offrir un instant de soutien à sa chère amie.

Madison lui tapota l'épaule, puis le repoussa légèrement.

— Dès que je pourrai te le dire, je le ferai. Je te le jure.

— Tant mieux. Parce que je veux savoir, dit Ryan.

Le regard malicieux, Madison pencha la tête vers le placard.

— Tu prends les tasses. Je vais prendre la crème.

Il ouvrit la porte du placard et découvrit un nouvel ensemble de mugs à café difformes. Une horde de bonshommes de neige zombies, partiellement fondus et avec d'horribles expressions sur leurs visages.

— *Maddy*.

— Joyeux Noël, dit-elle avec un grand sourire, ouvrant le frigo sans regarder.

Une seconde plus tard, elle laissa échapper un cri perçant.

— Ryan Xavier Zhao.

Il ne put garder l'air sérieux. Pas quand elle tendait la main à l'intérieur et en sortait le pull. Il l'avait stratégiquement roulé pour que la décoration de Noël avec le renne qui tirait la langue soit bien en évidence.

— Joyeux Noël, lui répéta-t-il.

Ils se tenaient là avec leurs objets farfelus de Noël à la main, se souriant, et Ryan n'aurait pas pu être plus heureux.

Sauf, se corrigea-t-il, quand elle sortit de sa chambre d'amis quelques heures plus tard, prête pour aller à la préparation des paniers de Noël, portant le pull.

— La revanche est très douce, l'informa-t-il.

Elle avait natté ses cheveux de chaque côté de sa tête, et elle portait un bonnet de père Noël guilleret. Un très léger aperçu d'un t-shirt jaune vif apparaissait sous le cardigan voyant, et à la place de son jean, elle portait un pantalon de yoga extensible qui lui allait très bien.

Vraiment très bien.

Ryan se concentra délibérément sur les chaussettes jaune vif, assorties au t-shirt.

— Si tu tombes la tête la première dans une congère, nous pourrons te retrouver.

— Seulement si je retire mes bottes, dit Madison en riant. Viens. Je suis prête à faire mes débuts dans la mode.

Grace était déjà au bar, ainsi que Rose. Toutes deux étaient occupées à monter des cartons et à scotcher fermement le dessous.

Ryan prit le manteau de Madison et alla le pendre avec le sien.

— Dis-moi ce que je dois préparer, dit-il à Rose en passant.

— Tout est prêt, tu dois simplement remplir les cartons selon les listes faites l'autre jour, lui répondit Rose.

Il venait de prendre le premier carton quand il remarqua Madison. Elle s'était arrêtée près des femmes et tendait une main à Rose.

— Bonjour. Nous ne nous sommes pas encore officiellement rencontrées, même si je vous ai vue au café hier. Je suis Madison.

— Ravie de vous rencontrer. Rose Fields.

— Désolé, dit Ryan en revenant en hâte. Je ne cesse d'oublier que tu ne connais pas tout le monde, dit-il à Madison.

— À la fin de la soirée, tout le monde la connaîtra, marmonna Grace.

Elle fit tournoyer son doigt en pointant Madison.

— C'est le genre de tenue qui fait parler les gens.

Madison se mit à rire en tournant sur elle-même.

— C'est une vieille tradition que j'ai décidé d'infliger de nouveau à Ryan. Mais comme vous le voyez, tout finit par se payer.

Rose regardait Ryan avec une expression très étrange sur le visage.

Ils avaient tenu la plupart de leurs réunions au cours des dernières années au Buns and Roses, et il l'avait toujours trouvée à la fois discrète et efficace. Il appréciait de travailler avec elle pour les projets de paniers de la communauté. Mais elle était un peu *trop* discrète par certains aspects. Un peu trop comme lui dans le sens où ils pouvaient se perdre dans leurs pensées.

— Je me souviens de quelqu'un d'autre qui portait des pulls

hideux l'année dernière, dit soudain Rose. Et il me semble me rappeler que c'était la faute de Ryan.

— Je ne sais pas de quoi tu parles, avança-t-il avant de pointer du doigt le coin de la pièce. Oh, regardez, j'ai des cartons à transporter.

Les femmes se mirent toutes à rire alors qu'il s'éloignait avec un grand sourire.

Madison s'intégrait aisément dans n'importe quel groupe. C'était évident non seulement alors qu'elle intervenait et l'aidait à terminer de préparer la salle, mais aussi alors que les gens arrivaient, les voix s'élevant et se mélangeant à la musique de fond de Noël qu'il avait mise en route. Madison saluait les gens, expliquait comment remplir les paniers. Elle raconta l'histoire du pull moche une douzaine de fois avec une incroyable bonne humeur.

Quelqu'un avait amené des biscuits de Noël, et quelqu'un d'autre du cidre, et bientôt le lieu entier sentait l'odeur de Noël.

Brooke et Mack arrivèrent. Ryan s'avança pour saluer ses amis.

— Je me demandais si tu avais reçu un appel d'urgence.

Mack secoua la tête.

— Pas moi. Brooke a dû prendre la dépanneuse à la dernière minute.

— Rien de sérieux, assura Brooke à Ryan en retirant son lourd manteau et en se tournant vers lui.

Ryan aperçut ce qu'elle portait et toussa.

Il lança un coup d'œil à Mack et découvrit que son ami avait enlevé ses vêtements d'extérieur et se tenait maintenant à côté de Brooke, le bras passé autour d'elle pour qu'il soit impossible de rater que leurs tenues étaient extrêmement hideuses.

Mack lui lança un grand sourire.

— Rien à dire ?

— Vous êtes hilarants, dit Ryan d'un ton pince-sans-rire.

Brooke fit un geste vers les lumières qui dépassaient de son pull, à l'évidence fière alors qu'elle appuyait sur un bouton le long de l'ourlet et que les LED commençaient à briller joyeusement.

— Eh bien, l'année dernière tu as insisté pour dire que nous étions censés nous endosser nos plus belles tenues de fêtes. Tu n'as pas annoncé de changement vestimentaire, alors, *voilà*.

Sur son pull, il y avait un sapin de Noël, entièrement décoré, y compris les lumières qui laissaient des points lumineux sur ses rétines. Le pull de Mack était légèrement plus discret, avec de petites boîtes attachées partout dessus.

— C'est génial, dit Madison en arrivant derrière Ryan pour regarder joyeusement Brooke et Mack.

Elle toucha la hanche de Ryan de la sienne.

— Tu as des amis très cool.

Brooke secoua la tête avec étonnement lorsqu'elle se rendit compte que Madison portait maintenant le pull que Ryan avait à la caserne. Elle regarda Madison.

— Est-ce que ça veut dire qu'il a caché le pull et que tu l'as trouvé ?

— Habituez-vous à voir cette chose, prévint Madison joyeusement. Nous n'avons pas encore terminé le défi.

Mack fronça les sourcils un instant.

— Est-ce que ça veut dire que nous pourrions finir par voir Ryan le porter en plein été ? Parce que je ne suis pas sûr d'être prêt à ça.

Ryan secoua la tête.

— Les règles du défi stipulent *uniquement en décembre*. J'ai essayé de la convaincre que nous devrions arrêter le jour de Noël, mais Madison a mentionné quelque chose à propos du Noël ukrainien, et c'était plus facile de trouver un compromis : rien en dehors du mois de décembre.

— C'est bon à savoir, dit Brooke en serrant Mack une dernière fois avant de s'écarter et de s'avancer vers Madison. Commençons pour que toi et moi puissions nous remettre à discuter. Nous devons avoir terminé avant 18 heures. C'est ça ?

— Le pub ouvre à ce moment-là, oui, répondit Ryan.

Madison l'emmena. Ryan les regarda un instant, mais il était évident qu'elle n'avait pas besoin qu'il intervienne. L'accord avec ses amis était parfait.

Parfait avec lui.

C'était une pensée légèrement perturbante après toute l'énergie qu'il avait dépensée pour gérer tout le problème du désir, alors il l'écarta, faisant signe à Mack de l'accompagner. Ils rejoignirent des gens dans la queue qui prenaient des produits alimentaires et remplissaient les cartons individuels avec, discutant avec aisance.

Rien d'autre que l'instant présent. Parce que c'était plus simple que d'essayer de démêler la confusion qui s'élevait chaque fois qu'il pensait à Madison. Son amie. Sa meilleure amie.

Ou était-elle quelque chose d'autre ?

Il était évident que ceux qui étaient venus au Rough Cut cet après-midi-là avaient déjà fait ça. Le groupe rassemblé pour composer les paniers de nourriture n'avait pas besoin d'être beaucoup dirigé, faisant plusieurs fois le tour de la queue alors que la pile de cartons remplis près de la porte grandissait. Près de Madison, Brooke bavardait à bâtons rompus, ce qui était bien parce que Madison n'était pas au mieux de sa forme.

Elle était distraite et pas très fière de ses raisons. Étonnamment, la jalousie l'avait envahie, très intensément.

Rose Fields était une des femmes les plus magnifiques qu'elle ait jamais vues de sa vie.

Mais... et alors ? Ce nœud dur dans le ventre de Madison n'aurait pas dû être là.

Ce n'était pas comme si elle n'avait pas passé du temps avec des personnes magnifiques. Bon sang, Justina avait été superbe aussi, et pourtant la seule chose à laquelle Madison avait pu penser après avoir rencontré sa nouvelle amie, c'était qu'elle avait espéré qu'elle était aussi éclatante à l'intérieur qu'elle l'était à l'extérieur. Et quand Justina s'était avérée être une personne géniale, tout ce que Madison avait souhaité avait été de la présenter à Ryan, parce qu'elle *savait* qu'ils étaient faits pour être ensemble.

Voir Rose discuter innocemment avec Ryan...

Madison se détourna délibérément et se concentra sur Brooke et Yvette, qui s'était jointe à elles.

— Il y a une bonne participation pour nous aider avec les paniers.

Yvette se pencha devant elle pour attraper un paquet de spaghetti et l'ajouter à son carton.

— C'est une saison chargée, alors le comité a suggéré un laps de temps de deux heures au plus. Comme ça, les gens s'engagent plus facilement à venir.

C'était un bon argument. Madison essayait encore de jongler avec tous les détails pour la levée de fonds, mais cela semblait être un bon moment pour poser la question.

— Alors un événement qui dure peut-être une heure et demie ferait venir les gens ?

— S'il y a de quoi manger, absolument.

— De la tarte ? Du gâteau ? Des biscuits ? Est-ce que ça suffirait ?

C'était une solution envisageable à un problème de la levée de fonds dont Madison s'inquiétait encore.

— Tu proposes des douceurs et une boisson chaude, et tu intéresseras beaucoup de gens, répondit Brooke en l'examinant. Qu'est-ce que tu mijotes ?

— Tu le découvriras bientôt, promit Madison avant de changer de sujet. Est-ce une période de l'année chargée pour toi aussi, Yvette ?

— Je ne pense pas qu'il y ait une période de l'année où c'est calme pour un vétérinaire, pour être honnête, lui répondit-elle.

Alex passa tranquillement et saisit la dernière partie de la conversation.

— La poursuite de chatons à laquelle tu te livrais dans l'écurie aujourd'hui ne semblait pas trop fatigante. Mignonne, mais pas très fatigante.

Yvette haussa un sourcil.

— Tu m'espionnes ?

— Je travaille, répondit Alex. Je suis toujours occupé en tant qu'ouvrier au ranch, tu sais. Avec des bestioles plus grandes que des chatons.

— Les vétérinaires travaillent avec *tous* les animaux, voilà notre degré de compétence à nous, dit Yvette d'un ton pince-sans-rire en tournant le dos à Alex. J'espère que tu as apprécié le temps passé avec les chèvres. Puisque c'est ton domaine d'expertise. Ou était-ce les ânes, aujourd'hui ?

Brooke émit un rire moqueur avant de se couvrir le visage d'une main.

Alex sourit avec bonhomie.

— Il n'y a rien de mal à rassembler des chatons.

Il regarda Yvette de haut en bas avant de s'éloigner.

Madison désigna le cow-boy d'un mouvement de tête.

— Qu'est-ce que c'était que ça ?

— Il y a un truc entre Yvette et lui, mais aucun de nous ne sait ce que c'est, révéla Brooke. Ils se disputent sur tout, aussi bien pour le meilleur genre de macaronis au fromage qu'à coups de commentaires bizarres sur des chatons.

— Il est simplement impossible, dit Yvette. Et il n'y a pas de *truc* entre nous.

Brooke essayait désespérément de ne pas sourire. Une fois qu'Yvette fut de nouveau occupée, elle se pencha et révéla doucement :

— Elle l'aime bien, mais il ne cesse de titiller les points sensibles. Tôt ou tard, tous deux vont exploser comme de la nitroglycérine. Je le parie.

— Pourquoi est-ce que tu fais constamment des commentaires qui impliquent des explosions ou des feux ? demanda Mack en frissonnant de manière comique alors qu'il se joignait à elles.

— Parce que c'est si amusant de te taquiner, mon lapin, dit Brooke gentiment avant de passer les bras autour de son cou, se préparant à l'embrasser.

— Ouille, dit Mack en reculant rapidement. Ces pulls ne sont pas faits pour les démonstrations d'affection en public.

Les cartons sur la table étaient presque vides, et la pile près de la porte était énorme. Des gens enfilèrent leurs manteaux pour charger les paniers pleins dans les camionnettes garées dehors, puis tout le monde revint à l'intérieur pour un dernier verre et un en-cas avant de partir.

Ryan fit un geste vers les tables désormais vides.

— Avant que vous ne partiez, nous avons du chocolat chaud et des biscuits au gingembre. Merci à tous d'avoir pris le temps de nous aider.

Madison attira son regard, et il hocha la tête, lui faisant signe d'avancer.

Elle fit un signe de la main alors que le groupe s'installait et lui adressait des sourires quand ils examinaient son pull.

— Avant que vous ne partiez, j'ai une dernière annonce à

faire pour le Fonds de l'espérance de Heart Falls. Pendant mon séjour, Ryan a été suffisamment généreux pour me permettre de me mêler de sa vie, ce qui veut dire peut-être me mêler de la vôtre.

Des rires résonnèrent à travers la pièce.

Madison lança un coup d'œil à ses nouvelles amies dans la salle et trouva Brooke et Yvette qui souriaient, même si leurs visages étaient tout empreints de curiosité.

— Il m'a été signalé que c'est une période très chargée de l'année, mais c'est aussi un excellent moment pour apprécier ce que l'on a et donner un coup de main aux gens qui en ont besoin. Tout comme vous l'avez fait cet après-midi en aidant à composer les paniers, j'espère qu'un moyen amusant de mettre de l'argent dans le Fonds de l'espérance pour pouvoir bien commencer l'année à venir vous intéressera.

— Vous n'êtes pas censée sonner des cloches si vous nous demandez de l'argent ? demanda Alex.

— Je sonnerai des cloches si vous voulez, mais nous avons une idée qui sera encore plus amusante et qui impliquera davantage de gens. Si cela vous intéresse de nous aider, ou que vous êtes ne serait-ce que légèrement curieux de découvrir exactement à quel point ce sera potentiellement gênant pour des gens, inscrivez votre adresse e-mail. Je règle les détails en ce moment, et je vous tiendrai au courant dès que tout sera finalisé. La seule chose que je peux vous dire, c'est que l'événement se tiendra le 21 décembre, à partir de 18 heures.

Elle tendit à Ryan le papier qu'elle avait agité en l'air, et il se déplaça pour le faire circuler dans la pièce avec un stylo.

— Ça ne va pas requérir de dur labeur, n'est-ce pas ? demanda quelqu'un.

— Rien de déviant, n'est-ce pas ?

Il y eut quelques rires, puis encore quelques-uns quand une

voix ajouta *rien d'autre que de la déviance.* Cela attira au fautif une tape avec le dos d'une main et beaucoup d'autres rires.

— Vous voulez des détails ? Vous êtes très exigeants, dit Madison avec un grand sourire. Pensez à quelqu'un que vous connaissez et que vous aimeriez voir sur scène devant tout Heart Falls... pour interpréter sa plus belle danse sur le thème « Combien j'aime être une vache ».

Un rire chaleureux éclata dans la foule. Madison leva une main pour retenir le reste de leurs questions.

— J'invente ça au fur et à mesure. Mais je vous promets que vous saurez *exactement* combien ça vous coûtera de mettre vos amis mal à l'aise d'ici lundi.

— Ça m'a l'air prometteur.

Le commentaire venait d'Alex. Il avait une lueur machiavélique dans les yeux alors qu'il se concentrait sur l'autre côté de la salle. Madison suivit son regard et découvrit qu'il regardait Yvette.

Oh là, là. Cela allait être intéressant.

10

Tous ceux qui étaient venus les aider avec les paniers ne s'en allèrent pas. Certains restèrent une fois que les portes du pub furent officiellement ouvertes, dansant, buvant et profitant de la compagnie des autres.

Ils parlèrent aussi de la levée de fonds, et au final, Ryan afficha des feuilles d'inscription dans de multiples endroits du bar. La curiosité augmentait, et il y eut de nombreux grands sourires tandis que Madison et lui restaient travailler jusqu'à minuit.

— Ne te donne pas la peine de venir demain matin, dit Grace à Ryan avant de repousser sa protestation de la main. J'ai examiné l'inventaire, je vais passer les commandes pour la semaine prochaine. Je prévois de demander des vacances en janvier, alors laisse-moi te passer de la pommade maintenant pour que tu ne puisses pas dire non.

— Tu es un trésor, lui assura Ryan. Nous arrangerons tes vacances. Mais pour l'instant, c'est agréable d'avoir plus de temps avec Madison.

— C'est ce que je pensais, dit Grace en souriant avant de

faire un signe à Madison. Merci. C'était bien d'avoir ton aide derrière le comptoir.

La foule s'avança, les mains levées alors que certains commandaient en criant.

Ryan prit Madison par la main et l'éloigna avant qu'ils ne se retrouvent au cœur de la mêlée.

Madison poussa un profond soupir en se détendant sur le siège de la camionnette.

— J'adore l'excitation qu'il y a à travailler dans un bar, mais ça devient vraiment bruyant. C'est tellement agréable de pouvoir profiter du calme !

— Tu es douée avec les gens, lui dit Ryan. Enfin, je le savais, mais j'avais un peu oublié à quel point exactement tu pouvais ressembler au joueur de flûte. Mais avec les gens, pas les rats.

— Oh, chouette. Je suis le célèbre joueur de flûte qui a attiré tous les enfants avec une méthode louche, dit Madison en tournant la tête et souriant d'un air fatigué. Nous devrions laisser passer la nuit pour que tu trouves une nouvelle métaphore demain matin.

La super idée de la matinée fut une invitation à rejoindre les amis de Ryan au Buns and Roses. Tard dans la matinée, heureusement, car ils avaient encore fait la grasse matinée, et ils arrivèrent au café pour la réunion de 10 heures avec un retard de seulement quelques minutes.

— C'est Mack et moi qui offrons, dit Brooke en attrapant Madison par la main avant qu'elle ne puisse s'installer sur une chaise. Mais ce sont les dames qui vont décider ce que nous allons manger. Viens.

C'était amusant de voir Madison glisser un bras sous celui d'Yvette, placée tout contre elle alors qu'elles examinaient le menu sur le mur.

— Alors... commença Alex en se penchant vers Ryan.

Ce dernier attendit, mais Alex ne fit que laisser son regard aller de Ryan à Madison, qui riait avec les autres femmes.

Oh. Oh, *non*. Toute cette affaire où il était attiré par Madison de manière inattendue n'était pas un sujet dont il discuterait avec qui que ce soit.

Ryan s'assura de garder l'air neutre.

— Avais-tu une question, ou as-tu développé un tic visuel que nous devons faire examiner ?

— Je me demandais juste comment se passaient les retrouvailles, répondit Alex en haussant les sourcils de manière répétée.

Attendez... Il les *agitait*.

Bon sang.

— Nous ne sommes qu'amis, insista Ryan.

Alex hocha la tête.

— Si tu le dis.

— Tu es un vrai nigaud, marmonna Mack en se renfonçant si loin sur sa chaise que Ryan pensa qu'il allait basculer en arrière.

Ryan suivit son regard et découvrit que Mack regardait fixement les hanches de son épouse alors qu'elle se tenait au comptoir.

— Arrête de baver, dit Ryan en tapant son ami sur le bras. Et arrête de jubiler. Pour toi, c'est en dessous de tout de jubiler.

— Ce n'est pas ce qui était en dessous de moi ce matin, dit Mack doucement, un soupir de plaisir lui échappant alors qu'il regardait Brooke.

Une seconde plus tard, Ryan et Alex le bombardaient avec leurs gants, et Mack leva les mains en riant.

— Hé. Je ne peux pas m'empêcher de signaler le bon sens fantastique dont j'ai fait preuve en trouvant une femme merveilleuse.

— Si, tu peux t'en empêcher. Essaie, le prévint Alex avant

de se pencher en avant. Et, la prochaine fois que tu me dis de venir pour le petit déjeuner, je veux que tu me préviennes si tu invites aussi cette femme.

Mack eut l'air perplexe pendant un instant.

— Yvette ?

Alex fit la grimace. Il lança un coup d'œil à Ryan. Il leva les yeux pour s'assurer que les femmes étaient encore au comptoir avant de se pencher et de baisser la voix.

— Elle est folle de moi.

— Je suis presque sûr qu'elle est folle *de rage* contre toi, le corrigea Mack. Je crois que c'est ce que Brooke m'a dit.

Ryan s'essuya la bouche en essayant de dissimuler son amusement.

Alex secoua la tête, dégoûté.

— Et tu m'as quand même demandé de venir pour le petit déjeuner alors qu'elle serait là ?

Mack haussa les épaules.

— J'aime bien ta compagnie, même si je ne sais pas pourquoi en ce moment. Mais Brooke apprécie celle d'Yvette. Remets-t'en.

— Elle me contredit constamment, râla Alex.

Ryan réfléchit un instant, puis secoua la tête.

— En fait, je pense que c'est plutôt toi.

— Peut-être c'est mutuel, avança Mack avant de baisser la voix d'un ton d'avertissement. Ne le fais pas pendant que nous prenons le petit déjeuner. C'est simple. Sois sympa.

Les derniers mots furent prononcés sur un ton d'ordre tranchant. Alex secoua la tête mais soupira d'un air dramatique.

— Je serai un modèle de vertu, promit-il.

À la table derrière eux, Ryan remarqua Sonora Fallen. C'était la grand-mère de Tansy et Rose, elle buvait avec satisfaction du café tout en grignotant un muffin et en lisant quelque chose sur son téléphone.

Une agréable sortie de dimanche matin. Ryan sourit. Il devrait présenter Madison à la femme qui s'occupait aussi du refuge pour animaux du coin.

Il fallut un moment avant que Ryan ne se rende compte que l'homme assis le dos tourné à Sonora n'était autre qu'Ashton Stewart. Ryan hésita avant de le saluer.

Ashton devait savoir qu'ils étaient là. L'arrivée de leur groupe de six – y compris Ryan, Mack et Alex – n'avait pas été assez discrète pour l'ignorer. Il devait y avoir une raison pour que l'autre superviseur volontaire de la caserne ne lui ait pas au moins dit bonjour. À la place, il fixait résolument son assiette du regard, coupant son petit déjeuner et regardant silencieusement dans le vide entre deux bouchées.

Avant que Ryan n'ait décidé quoi faire, les filles revinrent avec la première tournée de pâtisseries et de boissons. Madison s'installa près de lui, Yvette à côté. Ce qui voulait dire qu'à eux six, ils formaient un cercle avec trois hommes d'un côté de la table, trois femmes de l'autre.

Au moins, cela séparait Alex et Yvette et leur évitait des disputes puériles, comme enfoncer leurs fourchettes dans le bras de l'autre.

— Des quiches au bacon et au fromage, des muffins à la citrouille et au fromage frais, quelques biscuits au gingembre, dit Yvette en désignant chaque assiette. Et il y a des petits pains à la cannelle qui vont arriver après. Tansy a dit dix minutes pour qu'une nouvelle fournée sorte du four.

Tout le monde se servit. Même Alex ne semblait pas avoir de quoi se plaindre des choix devant lui.

Mack demanda à Alex quelque chose à propos des changements au ranch de Silver Stone, mais espionner les filles intéressait davantage Ryan. Surtout quand Yvette commença par la question qu'il avait voulu poser à Madison depuis le début sans que, pour une étrange raison, il s'y soit jamais résolu.

— Brooke a dit que tu te dirigeais vers un nouveau boulot. Tu laisses derrière toi des cœurs brisés ? demanda Yvette.

Madison s'étouffa un instant, avant de s'excuser en riant.

— Pas de petits amis ou de petites amies. Aucune aventure amoureuse.

Brooke fronça les sourcils.

— Pas intéressée ?

— Pas le temps, révéla Madison en attrapant un des muffins à la citrouille et en étalant le glaçage de fromage frais sur le côté.

Elle leva les yeux et continua doucement :

— J'aide ma mère à prendre soin de mes petits frères depuis la mort de mon père. Il n'y a pas beaucoup de gars qui veulent sortir avec quelqu'un qui s'occupe de deux enfants de douze ans, qui doit les aider à faire leurs devoirs et les emmener à l'entraînement de sport.

— Bon sang. Ça a dû être dur, dit Brooke, la mine sombre. Tu discutais avec ton frère l'autre jour.

— Ils ont dix-huit ans, maintenant, alors ils avaient simplement besoin d'une main pour les guider, dit Madison, l'air un peu gênée. Ce sont de bons gamins. Je suis vraiment heureuse d'avoir pu changer les choses.

Étant donné qu'elle parlait très peu d'elle-même, ce devait être embarrassant. Ryan se tourna sur le côté, glissa une main autour de sa taille et la serra.

— Ça va ?

Elle hocha la tête et lui sourit.

— Bien sûr. Je ne cesse d'oublier que ce qui est normal pour moi est un peu anormal pour les autres. Tu devrais peut-être rassurer tes amies, je vais bien.

Il leva la main et lui tapota le nez.

— Ne t'y trompe pas, Maddy. Ta vie n'est *pas* normale, mais elle te convient. Tu es une star.

Cela provoqua un rire moqueur de la part de Madison.

— Je t'en prie.

Elle fixa du regard Alex, qui venait de terminer de faire un commentaire en riant à Mack.

— Alex, continua-t-elle, on m'a dit que je pourrais peut-être aller faire une promenade à cheval pendant que je serai ici. Est-ce avec toi que je dois en parler ?

— Si tu organises des chevauchées, je veux venir, dit Brooke en levant la main en l'air et en agitant les doigts avec impatience.

— Moi aussi, dit Yvette, avant de faire la grimace. Bon sang, je n'arrive pas à croire que je viens de dire ça. Je vais t'en devoir une, Alex.

Alex fit un grand sourire.

— C'est toujours bien qu'une jolie fille me doive une chevauchée.

Le silence qui tomba instantanément fut assourdissant. Ryan était stupéfait et mécontent. Son ami n'était habituellement pas un malotru.

— Alex ! Je n'arrive pas à croire que tu aies dit ça.

— Je n'arrive pas à croire que tu aies dit ça quelques instants après que mon *épouse* a demandé un service, déclara Mack en croisant les bras sur son torse massif avec un air plein de reproches.

Alex leva la tête pour fixer le plafond, sa peau mate rougie.

— Eh bien, ce n'est pas vraiment ce que je voulais dire. Bon sang.

Pendant un instant, Ryan ne sut pas ce que les femmes allaient répondre quand soudain, Yvette se mit à rire.

— Est-ce que tu *rougis* ?

Alex rougissait. Absolument.

— Que d'ennuis pour pas grand-chose.

Ce commentaire arriva d'une source inattendue. Sonora se tenait à côté de leur table, regardant Alex avec désapprobation. Elle tourna le regard vers les trois femmes assises avec Ryan. Des plis se formèrent aux coins de ses yeux alors qu'elle souriait et tendait une main à Madison.

— Sonora Fallen. Si vous voulez aller faire une promenade à cheval toutes les trois, je peux arranger ça.

Madison sourit.

— C'est merveilleux. Merci.

Yvette regardait toujours Alex avec étonnement, mais elle répondit aussi à Sonora.

— C'est génial. À la fois la promenade et le fait qu'Alex se sent à peu près de *cette* taille en ce moment.

Elle leva une main avec le pouce et l'index à peine séparés.

Il croisa son regard, ses lèvres maintenant incurvées en un sourire contrit.

— Je te présente mes excuses. J'avais environ trois commentaires impertinents qui voulaient sortir d'un coup, et ils se sont mélangés dans le mauvais sens.

— Alors tu devrais peut-être essayer d'éviter l'impertinence, suggéra Yvette avec aisance avant de se tourner vers Sonora. Déterminons une heure qui conviendra à tout le monde.

La conversation passa à autre chose, mais Ryan remarqua qu'Alex ne cessait de regarder Yvette avec quelque chose d'autre qu'un simple embarras alors que le repas se terminait.

Madison se pencha contre Ryan.

— Difficile de manger avec les pieds dans le plat, remarqua-t-elle. Yvette n'est pas en colère. Tu peux le certifier à ton ami avant qu'il ne s'enferre à essayer de démêler cette pagaille.

— Peut-être qu'il mérite de se casser la tête à la démêler, chuchota Ryan.

Mais quand l'occasion se présenta, il suivit sa suggestion et transmit le commentaire, en ayant un peu l'impression d'être retourné au collège, passant des mots avec *est-ce que tu m'aimes bien, oui ou non* dessus.

Le temps passé avec Madison n'était jamais ennuyeux.

Ils rentrèrent à la maison peu après midi. Madison était lumineuse après avoir passé du temps avec des gens bien.

Même Alex. Pauvre gars. Il aurait dû s'en tenir à *sauvez un cheval, chevauchez un cow-boy*. Au moins, il y avait une tradition derrière cette phrase-là.

— Tu as de bons amis, dit-elle à Ryan quand ils furent entrés dans le salon et qu'elle s'écroulait sur le canapé.

Elle posa les pieds sur la table basse, défit le bouton de son jean et se donna un peu plus d'espace.

— Et il y a trop de bonnes pâtisseries pour moi, continua-t-elle. Excuse-moi. C'est soit ça, soit je vais mettre mon survêtement ample.

— Fais comme chez toi, lui dit Ryan.

Il s'assit sur le fauteuil près d'elle, se pencha légèrement en arrière et grogna.

— Je n'aurais pas dû prendre ce dernier pain à la cannelle, ajouta-t-il.

— Quoi ? Tu veux dire que quatre, c'était trop ? Ooh, pauvre bébé.

— Tais-toi, lui dit-il avec un grand sourire, avant que son expression ne devienne sérieuse. Je suis désolé que le sujet sur tes frères ait été soulevé.

Elle hésita.

— Quel aspect ?

Il eut l'air perplexe.

— Pour quel aspect es-tu désolé ? demanda-t-elle. Parce que ce n'est pas un problème. Vraiment.

Ryan n'était plus détendu et s'approcha.

— Madison. Tu ne te plains jamais, et je peux admirer ça. Mais que tu aies dû quitter l'université et rentrer chez toi pour aider à élever tes frères n'est pas ce que la plupart des gens de vingt ans feraient.

— Et alors ?

— Alors ce n'est pas grave si tu...

Il s'interrompit, interloqué.

Madison étira les bras au-dessus de sa tête, tirant un peu sur un des bleus restants sur ses côtes.

— Ouais, *ça.* Tu vois, quand je mentionne des choses comme le fait que j'ai quitté la fac pour rentrer chez moi et aider à élever mes frères, les gens présument que deux choses peuvent m'intéresser. Soit je veux de la compassion, soit je veux des bons points. Mais... Ryan ?

Elle croisa son regard.

— Je n'ai besoin ni de l'un ni de l'autre. Papa est mort, et maman a été brisée pendant un moment. C'est ma famille, et elle avait besoin de moi. Voilà tout.

Il était debout, à faire les cent pas.

Ils restèrent tous deux silencieux, Madison parce qu'elle avait dit tout ce qu'elle avait à dire, et Ryan parce que...

Peut-être qu'il gérait ses propres casseroles. Elle n'allait présumer de rien.

Lorsqu'il s'arrêta brusquement et s'assit sur le canapé à côté d'elle, ses yeux étaient humides.

— J'ai besoin d'un câlin.

Il l'avait dit doucement. Avec réticence, même.

Elle ouvrit les bras.

Mais un instant plus tard, il l'avait attirée contre lui, remuant jusqu'à ce qu'ils se retrouvent côte à côte et qu'elle soit lovée contre lui, la main posée sur son cœur. Serrés juste assez l'un contre l'autre pour que ce soit le plus détendu des câlins, et pourtant précieux et parfait.

L'oreille de Madison était posée sur son épaule, et sous sa paume, les battements du cœur de Ryan se mirent à ralentir, à se calmer. Elle le tapota gentiment.

— Nous sommes seulement deux personnes qui essaient de bien faire. Qui essaient de faire *ce qui est* juste avec ce que l'on a.

— Je n'aime pas ce que j'ai, chuchota Ryan contre ses cheveux. Je pense ça, puis j'ai envie de me remettre les idées en place avec une baffe. Parce que même si le temps que j'ai passé avec Justina était court, il était précieux. Il m'a donné Talia. Comment est-ce que je peux souhaiter que ça disparaisse ?

— Je comprends. Oh là, là, que je comprends !

Madison fut surprise de découvrir que sa voix tremblait.

— Si mon père n'était pas mort, ma vie aurait été si différente ! J'aurais terminé l'université avec toi. Qui sait ce que je ferais comme travail maintenant ?

Ryan passa les doigts dans ses cheveux, la caressant, l'apaisant.

C'était son unique occasion de vraiment dire ces choses, parce qu'il était la seule personne avec qui elle pouvait parler de ça.

Elle inspira.

— Si ma mère n'avait pas fait une dépression, ma vie aurait été différente. J'aurais pu retourner à la fac. J'aurais peut-être eu un petit ami. Peut-être que je serais tombée amoureuse.

C'était tous les *et si* dont elle avait rêvé dans les moments difficiles, mais chaque fois, elle retournait à la seule vérité qu'elle refusait de lâcher.

Madison pencha la tête en arrière jusqu'à croiser le regard de Ryan.

— Au lieu de ces vies, j'ai celle-ci. J'ai la joie de savoir que ma mère est pratiquement à cent pour cent remise. J'ai deux frères que je ne connaîtrais certainement pas dans cet univers alternatif d'origine parce que je n'aurais pas été là. Avec notre différence d'âge, j'aurais été loin, à faire des trucs d'adulte au lieu de les aider lors des premiers jours d'école, d'empaqueter des déjeuners et de leur apprendre à faire du vélo. Et même si c'est une chose étrange à dire parce que je ne peux pas changer le passé, je ne *voudrais* pas le changer en sachant où nous en sommes.

Ryan hochait lentement la tête, réfléchissant.

Madison lui tapota le torse un instant, puis s'écarta, se dirigea vers la cuisine pour aller prendre un mouchoir en papier et pouvoir s'essuyer les yeux et se moucher. Les grandes conversations qui faisaient de vous une épave auraient dû être accompagnées d'un avertissement pour avoir de quoi se nettoyer à proximité.

Elle sourit lorsque Ryan attrapa aussi un Kleenex.

Ils restèrent là dans la cuisine, inspirant profondément et se reprenant.

— Je suis contente que tu aies Talia et tous ces amis super. Je suis vraiment heureuse pour toi, dit Madison honnêtement.

Ryan hocha la tête en regardant quelque part près de leurs pieds.

— J'étais parfois en colère pour toi, admit-il. Que tu sois partie t'occuper de tes frères au lieu de pouvoir vivre ta vie.

— Mais *c'était* ma vie, signala Madison. Il y a beaucoup de gens dans ce monde qui font des choses ordinaires parce que c'est ce qu'il faut faire. Comme toi, qui élèves Talia tout seul. Tu l'emmènes à des cours de danse. Tu t'assures qu'elle ait un tutu.

— Un tutu *rose*, clarifia Ryan.

Rien que la manière dont il le dit fit rire Madison. Elle

pouvait imaginer Talia, entendre sa voix alors qu'elle insistait sur cette couleur. Elle pouvait voir Ryan s'assurer patiemment que sa fille obtienne satisfaction.

Madison lui attrapa la main et la tint entre eux.

— Et toutes ces choses ordinaires s'alignent pour former quelque chose d'extraordinaire, en fin de compte. Ryan, aucun de nous n'essaie d'être un héros. Nous essayons juste d'être heureux et de continuer à faire grandir nos familles. Un jour à la fois.

Il passa le dos de la main sur la joue de Madison, essuyant une autre larme qui était tombée.

— Tu es très intelligente pour une décrocheuse.

Elle inspira brusquement, se mit à rire avant le retour au calme.

— Tu es très intelligent pour un barman.

Ils restèrent là, la vérité des derniers instants les unissant violemment, tout comme leur amitié démarrée tant d'années auparavant.

Quelque chose changea, tourna, comme une clé dans une serrure.

Ils se fixèrent du regard, éloignés seulement de quelques centimètres. Madison sentait la chaleur émanant du corps de Ryan. Même sans contact, il l'affectait.

Elle ne pouvait pas bouger.

Elle devait bouger. Si elle restait là, elle allait faire quelque chose qu'elle regretterait.

Les doigts de Ryan se baissèrent et entourèrent son bras, le serrant avant de se relâcher. Elle inspira profondément, à la fois déçue et reconnaissante qu'au moins l'un d'eux n'ait pas complètement perdu de vue la réalité.

Mais les mains de Ryan glissèrent sur sa peau, quittèrent son bras et se posèrent sur son dos. Sa grande paume se déplaça vers le creux de ses reins alors que son regard restait rivé au sien.

Non, attendez. Il regardait ses lèvres, et elle n'arrivait plus à respirer. Ses poumons arrivaient juste à se gonfler à moitié, ce qui était déjà trop parce que la pression sur son dos avait effacé les deux centimètres qu'il y avait eu entre eux.

Tout l'avant de leurs torses entra en contact. Les muscles fermes de Ryan se pressèrent contre ses seins, son abdomen, ses hanches. Il semblait que ses mamelons étaient tout aussi impatients d'entrer en contact avec lui, se tendant et se pressant contre l'intérieur de son soutien-gorge.

Son esprit tourbillonnait, sa vue se brouillait, Madison pensait toujours que peut-être rien ne se passerait.

Il lui attrapa le menton de sa main libre, la gardant immobile.

— Dis non si tu ne veux pas de ça.

Elle ne percevait rien en dehors d'une palpitation sourde au fond d'elle.

— Ça ?

L'avoir déconcertée semblait amuser Ryan, et ses lèvres se relevèrent.

— Un baiser, Madison. Je vais t'embrasser.

Sa déclaration aurait dû sembler pince-sans-rire ou amusante, mais la seule pensée qui résonnait dans le cerveau de Madison était simple.

— Pourquoi donc ne le voudrais-je pas ?

Elle ne sut pas qui bougea en premier, mais les lèvres de Ryan se retrouvèrent sur les siennes, elle avait passé les bras autour de lui, et ils plongèrent tous deux, comme assoiffés.

Ryan glissa la main sur sa mâchoire pour prendre l'arrière de sa tête dans sa paume. Il la tenait immobile alors qu'il approfondissait son baiser, mordillant sa lèvre inférieure avant de taquiner sa langue de la sienne.

Une seconde plus tard, Madison se retrouva le dos plaqué contre le mur, clouée sur place par son corps musclé tandis que leur baiser s'éternisait. Tout n'était que dents, lèvres, langues et respirations haletantes, et c'était tellement bon !

Elle ne savait pas pourquoi cela leur avait pris aussi longtemps pour enfin franchir cette étape.

Elle empoigna le tissu de sa chemise à l'arrière, tira sèchement dessus pour la sortir de son jean. Dès qu'elle le put, elle appuya les paumes contre sa peau échauffée et incurva les doigts légèrement pour lui enfoncer ses ongles dans le dos.

Ryan grogna dans sa bouche, ajusta sa position pour glisser une jambe entre les siennes, entrant en contact avec son sexe palpitant et arrachant un hoquet à ses lèvres.

Il ne cessa pas de l'embrasser, mais désormais ses hanches se balançaient, envoyant une pression délibérée contre son clitoris à travers les couches de tissu qui les séparaient. Madison passa les mains sur son dos et les fit descendre, les glissant sous le bord arrière de son jean. Chaque fois qu'il remuait les hanches, les muscles de ses fesses se contractaient sous le bout de ses doigts.

Seigneur, elle le voulait nu pour pouvoir regarder ses muscles. Elle voulait être celle qui serait nue pour que le lien entre eux soit encore plus intense, peau contre peau, s'attisant alors qu'ils portaient le plaisir à un tout autre niveau.

Les doigts de Ryan se resserrèrent dans les cheveux à l'arrière de sa tête, séparant leurs lèvres. Il respirait si fort que chaque laborieuse expiration faisait voler les petits cheveux de chaque côté du visage de Madison.

Le désir, l'envie et l'excitation teintaient son expression. Madison était absolument sûre que toutes les émotions sur le visage de Ryan se reflétaient sur le sien.

Elle s'apprêta à se rapprocher, voulant continuer, désirant ardemment un autre avant-goût.

Quelque chose de sombre et de perplexe apparut dans les yeux de Ryan. Il la lâcha.

Non seulement ça, mais il sembla s'éloigner, pas seulement physiquement, et un énorme mur s'éleva entre eux à un autre niveau alors qu'il passait une main dans ses cheveux et traversait silencieusement la pièce.

— *Putain.*

Elle était sans voix. Elle ne l'avait pas forcé. Il ne l'avait pas forcée.

Il avait demandé, et elle avait été…

Ryan attrapa un manteau dans le placard dans l'entrée et fourra les pieds dans ses bottes. Il ne la regarda pas.

— Je vais aller chercher Talia.

Une seconde plus tard, il était sorti, et l'air froid tendit ses doigts glacés vers elle en une caresse fantomatique, glaciale contre sa peau brûlante.

Madison s'éloigna, la respiration toujours chamboulée, son pouls affolé. Pendant quelques minutes, elle ne put rien faire d'autre que s'efforcer de rester debout alors qu'elle déambulait dans la maison.

Pendant un magnifique moment, tout dans sa vie avait été en phase. Embrasser Ryan – être dans ses bras – n'avait pas été la chose appropriée mais la *seule* chose qui existait. C'était comme s'il n'y avait pas d'autre voie possible à suivre.

Puis il était parti.

C'est quoi ce bazar, Ryan ?

Elle secoua la tête, se réprimandant pour cet instant d'agacement. Elle ne lui en voulait pas vraiment. Pas pour ça. Elle le savait. Il ne s'était pas éloigné d'elle. Il avait essayé de s'enfuir face à ce qu'il ne comprenait pas. Il essayait de gérer le choc.

Bon sang, elle était choquée aussi. Ça ne voulait pas dire que ça n'aurait pas dû arriver.

La compréhension arriva tout à coup, claire comme du cristal. Elle s'arrêta net et serra le dos de la chaise de cuisine près d'elle. La révélation pure lui donna un endroit solide à quoi se raccrocher, et alors que son corps et son cœur se calmaient pour revenir à quelque chose qui s'approchait de la norme, Madison respira à fond pour la première fois depuis plusieurs minutes.

Elle avait déjà connu cette sensation. Cet instant où quelque chose était absolument juste, où elle avait su avec certitude ce qu'il fallait faire pour régler le problème.

Cette chose qui brûlait entre Ryan et elle... elle n'était pas anormale. L'amitié qu'ils partageaient, et ce qui les avait réunis au début, avait été exactement ce dont ils avaient besoin à ce moment-là. Qu'il tombe amoureux de Justina avait été normal. Cela avait été exactement ce qu'il était censé faire à cet endroit et à ce moment-là, et c'était pour ça qu'elle n'avait jamais ressenti de jalousie.

Mais ici ? Maintenant ?

Si elle devait faire une liste des femmes avec qui Ryan devrait envisager de sortir, il n'y aurait qu'une personne dessus.

Elle.

Elle erra dans la maison pendant quelques minutes, rangeant un petit peu ici, feuilletant des livres là. Pendant tout ce temps, son esprit s'emballait.

Ryan avait senti quelque chose. Mais en tant qu'ami, il pensait sans doute qu'ils ne devraient pas entamer une relation. Il supposait qu'elle allait vers un merveilleux nouveau départ à Toronto où elle pourrait enfin faire tout ce qu'elle voulait au lieu d'être coincée ici.

Et si ce qu'elle voulait était ici même, à Heart Falls, avec lui ?

C'était ce qui était le mieux pour elle, elle en était sûre. Le mieux pour Ryan ? Oh, c'était plutôt certain aussi. Elle l'aimait en tant qu'ami depuis toujours.

Ce serait un changement de mentalité de devenir plus que des amis, mais elle était sûre qu'ils pouvaient y arriver ensemble. Elle devait simplement lui faire savoir qu'elle était prête à changer ses projets pour être avec lui. Pour rester avec lui et Talia.

Pour qu'ils puissent être un couple. Tomber profondément amoureux.

Être une famille.

Elle se surprit à sourire, et cette expression innocente de joie lui donnait une sensation...

Douce. Encourageante.

Elle s'était beaucoup entraînée dans le domaine de la *famille*, et c'était une chose qu'elle adorait vraiment. Elle n'aurait jamais imaginé que ce qu'elle avait fait par le passé aurait posé les fondations pour le présent.

Madison s'assit sur une chaise à la petite table de cuisine et fixa les champs enneigés du regard, priant pour avoir la sagesse de faire du futur dont elle rêvait une réalité.

11

———

*R*yan était bien loin des limites de la ville de Heart Falls avant que son rythme cardiaque ne se calme et que son cerveau ne soit de nouveau disponible.

Il était assez intelligent pour se rendre compte qu'il avait foiré d'un million de manières, et partir à toute vitesse comme un lapin effrayé poursuivi par un dragon n'était pas la moindre. Qu'est-ce que Madison devait penser en ce moment ?

Même si ça faisait partie du problème. *Aucun* d'eux n'avait réfléchi.

L'instant de faiblesse physique avait été amené par les révélations qu'ils avaient faites. Ryan ne regrettait pas ça. Seulement d'avoir perdu le contrôle ensuite.

Seigneur, Madison devait être furieuse.

Il secoua la tête.

Seulement...

Parmi les informations tournoyant dans son cerveau, un argument se faufila brusquement. Madison avait révélé qu'elle n'avait pas eu de petit ami récemment. Est-ce que ça voulait dire pas une fois en dix ans ? Parce que... *putain.*

Aucun d'eux n'avait été abstinent pendant leurs années de lycée ou d'université. Se taquiner à propos de leurs rencards avait été un passe-temps amusant, en tout cas jusqu'à ce qu'il ait été présenté à Justina, puis Madison l'avait taquiné sur la vitesse et la force auxquelles il était tombé amoureux.

Il n'y avait rien d'amusant à ne pas avoir été intime avec quelqu'un pendant une longue période. Ryan le savait.

Ses pensées bifurquèrent, l'entraînant vers le souvenir de sa rencontre avec Justina. C'était début décembre, et Madison l'avait non seulement embarqué dans la débâcle du pull moche, mais elle avait attendu qu'il le porte pour la première fois avant de passer à l'action. Elle avait discrètement arrangé une rencontre entre lui et cette femme avec qui elle s'était retrouvée *par hasard* dans un projet de groupe. Il s'était trouvé qu'elle avait pensé que Ryan s'intéresserait à cette femme.

Ce jour-là, en croisant le regard de Justina, Ryan avait eu l'impression d'avoir percuté un mur. Elle était menue, magnifique, avait le soleil dans son rire – et elle l'avait regardé comme si elle avait été tout aussi sidérée. Tout aussi chamboulée de tomber sur lui.

Jusque-là, si quelqu'un avait mentionné l'amour au premier regard, Ryan aurait vraiment ri et répondu que c'était pour les contes de fées.

Puis il l'avait ressenti. Il l'avait vécu. Étant donné que Justina et lui étaient fiancés en moins d'un mois, tomber amoureux avait été un des événements les plus simples et parfaits de la vie de Ryan.

S'il était honnête, ce qu'il ressentait en cet instant pour Madison n'était pas la même chose que ce moment magique avec Justina. Il avait toutes sortes de souvenirs et d'émotions liés aux moments que Madison et lui avaient passés ensemble au cours des années. Bon sang, il dirait même qu'il l'aimait, mais il n'était pas *amoureux* d'elle. Les deux sensations n'avaient rien en commun.

Mais tenir à elle, vouloir faire des choses pour la rendre heureuse, c'était ce qu'un bon ami...

Non, il n'était qu'un bâtard tordu, parce qu'il essayait de trouver un moyen de justifier de la mettre dans son lit. Cela avait beau être logique, peu importe qu'ils soient tous deux adultes avec des besoins physiques, il ne devrait pas...

Il en avait quand même envie.

Oh, bon sang. S'il n'avait pas été en train de conduire, Ryan aurait posé la tête sur le volant et fermé les yeux.

Il ne pouvait pas nier... ce n'était pas *seulement* du désir qu'il ressentait. Curieusement, la pulsation de désir sexuel était entremêlée de toutes les émotions qu'il ressentait après toutes ces années ensemble. Malgré tout, Madison avait des projets qui l'éloigneraient, alors il était inutile de songer à quoi que ce soit au-delà de cette saison des fêtes.

Mais pendant qu'elle était là, pendant qu'elle restait avec lui. Peut-être qu'ils pourraient...

Si *elle* voulait...

Ryan roula pratiquement des yeux. Il était un adulte, et il n'y avait aucune raison d'essayer d'édulcorer les mots ou de les repousser. Quand il rentrerait, il lui demanderait franchement si cela l'intéresserait de s'engager pendant la durée de son séjour. Se donner l'un à l'autre, se rendre mutuellement heureux.

Satisfaire des besoins qui avaient été niés depuis très longtemps.

Les images qui lui vinrent à l'esprit n'étaient pas celles qu'il aurait dû gérer pendant qu'il conduisait sur une portion de la nationale isolée. Imaginer Madison suffisamment près pour la toucher, retirer ce haut doux et ample qu'elle avait porté l'autre jour, l'aider à faire descendre le pantalon de yoga sur ses jambes, caresser et taquiner chaque morceau de peau qu'il dévoilait.

Il voulait lui enlever ses chaussettes fluo et lui embrasser les orteils, ce qui prouvait exactement à quel point il était dingue en cet instant.

Maintenant, il devait espérer qu'il n'avait pas trop foiré quand il s'était enfui en courant.

Arrêter la voiture devant la maison de ses parents signifiait inspirer profondément et se remettre mentalement les idées en place. Il avait encore beaucoup de choses à organiser aujourd'hui. Convaincre Madison d'aller dans son lit devrait arriver à la fin de la liste.

Sa fille le retrouva à la porte d'entrée de la maison. Talia regarda derrière lui, son expression s'assombrissant quand elle remarqua qu'il était seul.

— Où est Madison ?

— Elle se détend à la maison. Nous la verrons bientôt, rappela Ryan à sa fille.

Quand il allait la chercher le dimanche après-midi, la visite chez ses parents était toujours plus courte. Le mieux était de ne rester que quelques minutes pour que, lorsque Talia et lui rentraient chez eux, ils aient presque tout l'après-midi pour se préparer pour la semaine à venir.

Ryan ne fit pas l'erreur d'évoquer la fête d'anniversaire sur le trajet. Il voulait que toute son attention soit disponible quand ils en discuteraient.

En dehors des questions sans fin sur Madison, à la plupart desquelles il réussit à répondre, Talia voulait parler de ses amies et du ballet à venir qui l'excitait tellement.

À l'instant où ils arrivèrent, elle fila vers la porte, son sac à dos se balançant sur son épaule.

Ryan approcha de l'entrée un peu plus lentement. Avoir pris sa décision sur la manière de procéder pour ce qui se produirait ensuite éventuellement entre Madison et lui ne répondait qu'à une partie de son problème.

Il devait encore s'excuser envers elle pour être parti sans explication.

Madison leva les yeux du canapé alors que Talia se précipitait vers elle.

— Hé, Tornade Talia. Est-ce que tu t'es bien amusée avec tes grands-parents ?

— Oui. Tu n'es pas venue me chercher, râla Talia.

— J'avais des choses à faire ici, dit Madison, son regard se portant vers Ryan.

Il y vit un léger voile d'inquiétude, un petit peu moins de cette légèreté pleine de joie à laquelle il s'attendait chez son amie.

Comme si elle était prudente, inquiète qu'il parte encore. Ouais, il avait sérieusement foiré, mais maintenant que l'idée avait été plantée, il était presque sûr qu'il pourrait inverser les choses.

Une fois qu'ils auraient du temps seuls.

Une violente palpitation le frappa de nouveau, mais accompagné d'une sensation d'excitation cette fois. Ryan se surprit à sourire légèrement alors qu'il se tournait vers sa fille.

— Maintenant, nous avons des choses à faire, rappela Ryan à Talia.

Il leva les yeux et inclut Madison dans son commentaire :

— Peut-être que Madison pourra nous aider à nous préparer pour la semaine.

Comme prévu, Madison se leva et s'approcha, les lèvres recourbées. Son sourire était sincère.

— Bien sûr. Que devons-nous faire ?

La demi-heure suivante fut chargée, avec la préparation des déjeuners pour l'école et des vêtements – ce qui pouvait être organisé à l'avance pour que les matinées ne soient pas aussi chaotiques. Après ça, Ryan s'assit avec Talia pour s'assurer que tous ses devoirs étaient terminés.

Une fois que tout fut fait, Ryan osa aborder le sujet de l'anniversaire de Talia.

Il s'assit dans son fauteuil et attira sa fille sur ses genoux.

— Nous devons régler quelque chose, et tu m'as rendu un peu confus. Alors, rendons tout ça plus clair, d'accord ?

Talia pencha la tête et attendit.

— Ton anniversaire est le 25 décembre, commença Ryan.

Elle ne détourna pas le regard.

— Oui.

Pour une fois, elle n'avait rien d'autre à dire. Extrêmement peu utile.

Ryan avança avec prudence.

— Habituellement, nous faisons une fête d'anniversaire quelques jours avant, pour que tes amies puissent venir.

Sa douce petite fille croisa les bras sur sa poitrine, regardant par la fenêtre.

Ouais, ce n'était pas une réponse.

— Tu as dit que tu ne voulais pas faire ça, cette année. Ça dépend de toi, mais que veux-tu faire pour rendre ton anniversaire spécial ?

Elle ouvrit et referma la bouche plusieurs fois, puis un flot de mots se déversa.

— Je veux célébrer mon anniversaire *le jour où je suis née*. C'est vraiment important. Puisque je sais que le père Noël n'est pas réel, je n'ai pas besoin de cadeaux de sa part. Enfin, j'aime bien les cadeaux, mais je veux que ce soit pour mon anniversaire, parce que c'est ça qui est réel. Et je sais que des gens font Noël en allant à l'église, mais pas nous, et ce n'est même pas le *vrai* anniversaire de Jésus. Il est né en été.

Un petit son échappa à Madison. Elle l'étouffa avant que

Ryan ne puisse déterminer si elle avait réprimé un rire ou un hoquet.

Connaissant Madison, la franchise sans détour de sa fille l'avait plus amusée que choquée. Il croisa le regard de Madison. Il était évident qu'elle attendait sa permission pour se joindre à eux.

Il apprécierait son aide, mais d'abord, il avait une idée du point par où commencer.

— Nous pouvons célébrer ton anniversaire le 25, mais ça veut dire que tes amies ne pourront peut-être pas participer. Je veux que tu aies la fête spéciale que tu as choisie, mais je ne veux pas que tu sois triste sans amies.

— Tu seras là, dit Talia avant de se tourner vers Madison. Tu seras encore là pour mon anniversaire, n'est-ce pas ?

— Si tu veux. Je serais honorée de célébrer le jour de ta naissance, dit Madison solennellement. Mais je peux te poser une question ? Est-ce qu'apprendre des choses sur les traditions autour du monde t'a donné envie de changer ce qui se passe cette année ?

Les yeux de Talia devinrent ronds comme des soucoupes, comme si Madison était une magicienne pour avoir prononcé ces mots.

Franchement, Ryan pensait que Madison *était* pratiquement une magicienne pour avoir trouvé ça, semblait-il, par enchantement.

— Ça porte malheur de fêter son anniversaire le mauvais jour, insista Talia.

— Certaines cultures croient ça, oui, acquiesça Madison. Mais dans certaines, on ne célèbre tous les anniversaires que lors d'une seule journée dans l'année, qui est comme une fête d'anniversaire pour tout le monde. As-tu entendu parler de cette tradition ?

Talia secoua lentement la tête.

Madison parla lentement et se pencha en avant sur ses coudes alors qu'elle s'asseyait sur le canapé.

— La chose la plus importante que tu puisses faire est de penser à ce qui est bon pour toi *et* tes amies. Ce qui veut dire garder les parties des traditions où vivent les bons souvenirs.

— Comme le pull moche que papa et toi partagez ?

Talia ne se tenait plus raide comme un piquet mais s'appuyait contre Ryan, écoutant Madison attentivement.

— Exactement. C'est une bonne tradition pour nous, alors nous l'avons gardée. Le spectacle spécial où tu vas danser ? Il ne sera *pas* traditionnel, parce que nous le changeons pour le rendre approprié à Heart Falls. Tout ça pour que ce soit plus facile de rendre les autres heureux. Et nous rendre heureux au passage.

— Alors je peux toujours avoir une fête d'anniversaire ? demanda Talia, apparemment perdue.

— Tu peux avoir une fête d'anniversaire, lui assura Ryan, mais elle pourrait ne pas être le jour même. Rater *leurs* fêtes de Noël rendrait tes amies malheureuses.

Talia posa la tête contre le torse de Ryan.

— Je ne sais pas quoi faire.

— Nous n'avons pas à trancher maintenant. En fait, ne prenons pas de décision pendant quelques jours. Parlons-en davantage. Aussi, Madison et moi verrons si nous pouvons trouver d'autres idées, différentes options auxquelles tu réfléchiras. Est-ce que ça t'aiderait ?

Elle hocha la tête.

— Merci, papa.

Il déposa un baiser sur son front.

— Je t'aime, ma chérie. Nous trouverons une solution.

Talia glissa de ses genoux et fila vers Madison. Elle se jeta dans ses bras et la serra fort.

— Merci, Maddy.

Le visage de Madison fut indéchiffrable à cet instant. Elle passa les bras autour de la fillette et lui rendit son intense étreinte.

— Je t'en prie. Et ton papa est intelligent. Nous trouverons quelque chose qui soit une fête, qui soit amusant, et pile ce qu'il faut pour toi.

∼

LE TEMPS PASSA LENTEMENT. Chaque geste de Ryan faisait tressaillir Madison comme une souris prudente qui cherche un endroit sûr où se cacher.

Gérer les inquiétudes de Talia au sujet de sa fête d'anniversaire avait en fait été un soulagement. Madison était convaincue que non seulement ils pourraient le résoudre, mais en faire quelque chose d'incroyable... des idées tourbillonnaient déjà dans son cerveau.

Mais c'était quelques heures plus tôt, et maintenant elle était sur les charbons ardents.

Une fois Talia bordée dans son lit, Ryan avança vers Madison, l'air déterminé mais d'une démarche lente et délibérée, comme s'il craignait de l'effrayer.

Ce qui était drôle. Elle savait exactement ce qu'elle voulait, mais le lui dire...

Non. Elle n'arrivait pas à trouver les mots. Elle, qui avait autrefois marché sur toute la longueur d'un couloir de l'école avec Ryan qui l'utilisait comme cache-sexe pour que le reste de la classe ne puisse pas voir qu'il bandait.

Argh. Penser à Ryan en train de bander ne faisait qu'empirer les choses.

— Madison.

Elle leva les yeux et découvrit qu'il s'était arrêté à un pas d'elle.

153

— Il faut qu'on parle.

Oh là, là.

Il la prit par la main et l'attira vers le canapé. L'instant d'après, ils étaient assis ensemble, leurs cuisses l'une contre l'autre. Assez proches pour que, lorsqu'il tendit le bras le long du dossier du canapé, le corps de Madison penche vers lui.

Instinctivement, ou poussée par une partie de son cerveau qu'elle ne contrôlait pas, Madison leva une main vers la joue de Ryan. Sa paume frôla le début de barbe sur sa peau.

Si elle n'avait pas été aussi près, si elle ne l'avait pas regardé aussi attentivement, elle l'aurait raté : le plus léger des frissons, l'embrasement du désir dans ses yeux.

Quand il leva sa main libre et la posa sur la sienne, la tension en elle grandit.

Ryan lui prit la main et posa les lèvres contre sa paume. Un baiser, tendre et doux.

Suffisamment torride pour que Madison soit prête à partir en combustion spontanée.

— Je suis désolé de m'être enfui cet après-midi, chuchota-t-il.

— Dieu merci, tu ne t'es pas excusé de m'avoir embrassée, dit Madison quelque part entre une tentative d'apaiser la tension et de lâcher la pure et honnête vérité.

Il pencha la tête.

— Je ne vais pas m'excuser d'avoir fait ce que je désirais vraiment.

Il lui embrassa de nouveau la paume, puis le bout de chacun de ses doigts. Quand il déplaça sa main pour que ses lèvres trouvent son poignet, Madison ne respirait plus aussi régulièrement.

Il posa la main de Madison sur sa cuisse. Soudain, leurs bouches n'étaient séparées que de quelques centimètres, les lèvres suffisamment proches pour qu'elle respire son haleine.

— *Ryan.*

— Je ne vais pas encore m'en aller, dit-il.

Ça marchait pour elle.

— Bien.

Elle effaça la distance qui restait entre eux.

Contrairement à plus tôt dans l'après-midi, le baiser démarra lentement et continua ainsi. Un plaisir pour tous ses sens, incluant l'odeur de Ryan qui glissait en elle, titillant ses nerfs. Un avant-goût délibéré, cette fois – à savourer.

La langue de Ryan joua sur ses lèvres, et elle les ouvrit. Sa langue se glissa alors par infimes coups entre ses lèvres, comme s'il buvait un alcool onéreux à petites gorgées et ne voulait pas le gâcher ni précipiter cette expérience.

Sous les doigts de Madison, sa cuisse était devenue rigide. Elle s'autorisa à le toucher, à le caresser. Elle laissa sa main errer plus haut, passant sur sa hanche alors qu'elle s'installait juste un tout petit peu plus près.

Il grogna, et ce son la fit frissonner de tout son corps. Le désir était presque douloureux, le doux papillonnement dans son bas-ventre devenait un battement de tambour consistant.

Aussi agréable que ce soit, Madison restait consciente de l'endroit où ils se trouvaient, de tout ce qu'ils devaient encore se dire, aussi normal que ce soit d'embrasser Ryan.

Elle glissa son autre main sur son torse en appuyant juste assez pour briser le contact entre leurs lèvres.

Ses pupilles étaient énormes alors qu'il la dévisageait.

— Il faut qu'on parle, n'est-ce pas ?

Elle hocha la tête, avec un soupçon d'amusement.

— Et ça ne devrait pas arriver ici. Talia n'est pas loin.

D'après son rapide changement d'expression, Ryan avait complètement oublié la possibilité que sa fille les surprenne. Ce qui disait combien il s'était absorbé dans leur baiser, mais malgré tout... *non.*

Il se renfonça dans son siège, entrelaçant ses doigts à ceux de Madison alors qu'il les posait sur ses cuisses.

— J'ai eu une prise de conscience en allant chercher Talia. Je pense que nous cherchons tous les deux quelque chose. Je m'arrêterai si tu le veux, mais j'espère que non.

Il fallait être claire.

— C'est toi que je veux, avoua Madison.

Il ferma les yeux, parcouru de ce frisson bien connu.

— *Putain.*

— C'est direct.

Madison laissa ses doigts glisser sur les siens, dessina des cercles sur le dos de sa main du bout des, et remonta sur son bras. Ces bras spectaculaires et sexy qu'elle reluquait la veille.

Et tout un tas de jours avant ça aussi, si elle était honnête.

Ryan se pencha et frôla sa joue de la sienne. Il recula avec une caresse rendue rugueuse par son début de barbe, puis l'embrassa de nouveau, toujours doux et tendre.

— C'est toi que je veux. Pas seulement parce que j'ai un grand besoin de contact, mais parce que je veux te toucher *toi*. Je veux mettre un sourire sur ton visage, Maddy. Je veux mes doigts sur ta peau, te titiller et te caresser jusqu'à ce que tu te sentes étourdie et que tu nages dans le plaisir. Je veux te goûter jusqu'à ce que tu te sentes tellement comblée que tu sortiras de ma maison avec un sourire sur le visage encore plus grand que d'habitude.

— C'est une offre tentante, champion, déclara Madison avant de lancer un coup d'œil vers le couloir où se trouvaient les chambres. Mais attention.

— Oui. Nous serons prudents, promit-il.

Ils se mirent debout, les doigts encore entrelacés. Alors que Ryan allait la mener dans la chambre où elle dormait, Madison pencha la tête vers sa chambre à lui.

Ils étaient à l'intérieur, la porte fermée à clé derrière eux, avant que Ryan ne se tourne vers elle, un sourire désabusé sur le visage.

— Est-ce que je peux répéter à quel point je suis content que tu m'aies commandé un plus grand lit ?

Les lèvres de Madison tressaillirent.

— Bon sang, on est trop présomptueux ?

Elle se couvrit la bouche pour retenir le cri perçant qui faillit lui échapper lorsqu'il la souleva et la porta vers son lit une place. L'amusement dansait dans les yeux de Ryan.

— Je ne présume de rien, ni jusqu'où on ira ni à quelle vitesse, mais j'ai dit que je voulais te satisfaire. Je peux faire ça sur *ce* matelas, sans problème.

— Allons dans la douche, à la place, suggéra Madison.

Elle avait une arrière-pensée. Voir Ryan dans toute sa gloire n'était pas une satisfaction qu'elle ait envie de retarder.

Il changea volontiers de direction et les emmena dans la salle de bains. Il tendit la main pour faire couler l'eau dans la douche avant de la rejoindre près du meuble à double vasque.

Alors que Madison allait retirer ses vêtements, Ryan lui attrapa les poignets.

— C'est mon travail. J'aime déballer les cadeaux.

— C'est bon à savoir.

Elle avait prononcé ces mots d'un souffle court, parce que Ryan avait déjà refermé la distance entre eux et glissé les mains sous son t-shirt. Ses paumes chaudes remontèrent sur son dos.

Madison se laissa aller. Elle ferma les yeux et savoura la sensation. La bouche de Ryan était de retour sur la sienne, il l'embrassait doucement, mordillait sa lèvre inférieure avant de l'aspirer doucement. Pendant tout ce temps, ses mains se déplaçaient sur son corps. Il défit son soutien-gorge, puis baissa la main et attrapa le tissu de son t-shirt avant de le faire passer lentement par-dessus sa tête.

Son soutien-gorge retomba maladroitement une fois que le

t-shirt eut disparu, les balconnets jaune fluo et les bretelles qui pendaient sur sa peau n'étaient plus tendus pour soutenir ou cacher sa poitrine.

— Par l'enfer. Des couleurs *vives* ? Je croyais que nous parlions de tes chaussettes, Mad, pas de ta lingerie.

Le sourire de Ryan s'effaça presque lorsqu'il lui retira son soutien-gorge et que ses doigts s'attardèrent sur les marques violet et vert pâle sur son corps.

— Est-ce qu'ils te font encore mal ?

— Terriblement, mentit-elle.

Lorsque le regard de Ryan remonta brusquement vers le sien, elle fit très légèrement la moue.

— Tu devrais leur faire des bisous magiques.

Il n'eut pas besoin de plus d'encouragement. Et maintenant elle regrettait d'avoir suggéré la douche, parce que cela signifiait qu'elle devait utiliser des muscles pour rester debout alors qu'il posait la bouche sur elle.

Il déposa des baisers le long de sa clavicule, et ses doigts caressèrent doucement ses seins. L'expression sur le visage de Ryan...

Impayable.

— J'ai toujours su que ma meilleure amie avait des seins, mais je n'avais pas idée qu'ils étaient aussi chouettes.

Ryan passa les pouces sur le dessous sensible, et la chair de poule se répandit. Toute trace de froid disparut alors qu'il se penchait et léchait sa peau, la taquinant, la touchant et dessinant des cercles sans fin, prenant son temps avant d'atteindre son entrejambe, là où elle brûlait de désir qu'il la touche.

Madison s'empara du t-shirt de Ryan et le sortit brusquement de son jean, pressée de le mettre tout aussi nu qu'elle.

Il avait dû sentir que son excitation était devenue

insupportable, parce qu'il cessa ce qu'il faisait assez longtemps pour tendre la main par-dessus sa tête, attraper son t-shirt et le retirer par l'avant. Elle aperçut à peine une magnifique tablette de chocolat avant qu'il ne tende les bras vers elle. Il glissa les pouces sous l'élastique de son pantalon de yoga, le baissa sur ses hanches et marqua une pause, les paumes posées sur son postérieur pendant un bref instant.

La lenteur, c'était surfait. Madison défit le bouton et la braguette de Ryan puis commença à lui enlever son jean et son caleçon. D'une manière ou d'une autre, à eux deux, les vêtements finirent empilés sur le sol et il l'attira dans la douche pleine de vapeur.

Elle était assez spacieuse pour qu'ils puissent s'y tenir séparés et apprécier la vue. La vapeur devint plus épaisse, mais Madison pouvait encore y voir assez pour dévorer des yeux les hanches minces et les jambes musclées de Ryan, la manière dont les gouttelettes d'eau ricochaient ou glissaient sur son corps, transformant ses avant-bras en chefs-d'œuvre scintillants.

Ryan s'avança et l'attira contre lui avant qu'elle n'ait terminé de l'admirer. À la place de ses yeux, Madison utilisa ses mains. Elle lui caressa les flancs, taquina les muscles de sa ceinture d'Adonis qui la guidaient vers son membre rigide maintenant pressé contre sa hanche.

Leurs lèvres étaient de nouveau en contact, leurs baisers plus ardents. Ce n'était pas gênant, peu importait l'eau ou la brusquerie de Ryan alors qu'ils commençaient tous deux à perdre tout sang-froid. Ryan pinça son mamelon, puis glissa rapidement la main sur le côté de son corps jusqu'à lui empoigner une fesse de manière possessive. Madison poussa un hoquet alors qu'il faisait palpiter son intimité du bout des doigts, les glissant facilement à l'intérieur alors que son cœur l'accueillait.

Un léger ajustement de position, et ils purent tous deux atteindre leur objectif. Tous deux capables de s'allumer... de prendre et de donner ce qu'ils voulaient.

Madison plia les doigts autour du membre de Ryan, pleine de douceur alors qu'elle l'explorait et faisait glisser le prépuce humide sur son sexe dur. Ryan rejeta la tête en arrière, et il poussa un long grognement qui disait *enfin* aussi clairement que s'il avait utilisé des mots.

Madison resserra les doigts, les faisant aller et venir sur le membre de Ryan avec l'aide de l'eau qui coulait sur lui, le redressant, l'attisant tandis qu'elle augmentait la pression.

Madison hoqueta lorsque Ryan retrouva suffisamment sa concentration pour glisser deux doigts prudemment en elle, sa paume centrée sur son clitoris.

Il l'embrassa brièvement, souriant.

— Il me restera environ cinq secondes une fois que tu auras pris le rythme. Alors d'abord, laisse-moi jouer.

— Gentleman jusqu'au bout, dit Madison.

Son grand sourire apparut, puis il s'agenouilla, et ce ne fut plus sa paume sur son clitoris, mais sa langue. Ses doigts la caressaient à l'intérieur comme s'il prévoyait d'y rester toute la journée.

Ce qui était une gentille intention, mais totalement inutile. Elle n'était peut-être pas à cinq secondes, mais très, très proche.

Elle lui dégagea les cheveux du front, saisie par la pure beauté du spectacle de son meilleur ami en train de lui offrir quelque chose de cette manière nouvelle et pourtant ancestrale...

Le mouvement régulier de sa langue, la palpitation régulière de ses doigts. Cela en soi l'excitait, mais ce fut le sourire sur son visage, le fait que c'était *lui* qui la touchait aussi intimement qui l'envoya au septième ciel. Son corps se resserra autour des doigts de Ryan. Ses minuscules muscles palpitaient.

— *Ryan.*

Elle avait soupiré son prénom, l'émotion jaillissant de son âme, de quelque part tout au fond d'elle.

Le plaisir sexuel traversa son corps avec toutes les joyeuses endorphines qui s'ensuivaient. Elle ne l'avait pas vu venir.

Bon, d'accord, mauvais choix de mots.

Ses jambes tremblaient, mais elle riait avec un doux amusement alors que Ryan se relevait, passait les bras autour d'elle et l'attirait contre son corps. Madison savoura ça aussi. Les muscles sous ses doigts, la manière dont son torse se soulevait. Surtout quand elle entortilla les doigts autour de son membre rigide.

Il lui attrapa les cheveux et tourna son visage vers lui. Ce baiser ne fut pas aussi doux, et alors qu'il prenait ses lèvres, elle resserra sa prise, allant et venant un peu plus fort, et un instant plus tard Ryan recula en jurant. Ses hanches tressaillaient de manière erratique alors qu'il se répandait sur les doigts de Madison, contre son ventre. Son sperme l'enduisait alors que l'eau se déversait sur eux.

Il s'appuya contre le mur et l'attira contre lui. Un instant plus tard, il avait tourné le pommeau de douche pour les garder sous le jet.

Puis il serra Madison jusqu'à ce que leurs respirations aient commencé à se calmer et que leurs cœurs ne s'emballent plus.

Eh bien. Toute cette aventure avait été légèrement inattendue, mais c'était en gros tout ce que Madison avait espéré. Elle n'avait même pas eu à le convaincre.

Madison posa la tête contre le torse de Ryan. Et rêva.

12

———————

*L*e lendemain, il fallut beaucoup d'efforts à Ryan pour ne pas sourire comme un fou en public, en allant déposer Talia à l'école puis travailler à la caserne.

Madison semblait être plus douée pour cacher ses émotions après leurs activités de la veille.

D'un autre côté, elle était habituellement beaucoup plus joyeuse dans sa manière d'être que lui, alors il ne savait pas quels changements il s'était attendu à voir.

Elle avait dit au revoir à Talia à la maison et était partie avant eux, avec comme excuse qu'elle avait *des choses à faire*. Ryan savait que l'une d'elles était de retrouver Rose pour avoir son approbation sur l'e-mail de la levée de fonds avant de l'envoyer.

Que Madison soit occupée était sans doute une bonne chose à plus d'un titre. Si elle était venue à la caserne avec lui, il y aurait eu des chances qu'il soit tellement distrait par l'envie de l'embrasser qu'il aurait été inutile.

L'embrasser, puis la toucher, puis...

Il jura lorsqu'il percuta un mur, se cognant le petit orteil suffisamment fort pour que cette saleté l'élance.

Bon, il voulait s'envoyer en l'air. Il voulait vivre ça ainsi qu'une myriade d'autres aventures avec Madison. Mais il ne se précipiterait rien pour que ça se produise.

Ce serait bon. Il n'avait aucun doute là-dessus, d'après la manière dont Madison avait pratiquement lu dans ses pensées, l'avait caressé et touché si parfaitement...

... et il bandait encore. Ryan fourra la tête entre ses mains et se concentra pour inspirer profondément.

Heureusement, il avait beaucoup de tâches pour l'occuper dans la caserne. Il nettoya et récura, remplit les trousses de secours. Alex passa à l'improviste juste avant le déjeuner, se joignant à Mack et lui alors qu'ils faisaient une pause à midi.

Alors qu'il était en train de raconter une blague, Mack s'interrompit.

— Qu'est-ce qu'il y a ? demanda-t-il à Alex.

Ryan et Alex levèrent les yeux, légèrement surpris par la rapide interruption. Ryan parce qu'il rêvassait encore distraitement à la prochaine fois où il pourrait accaparer Madison et trouver de l'intimité.

Alex parce que...

Ryan fronça les sourcils.

— Tu as raison. Il se passe quelque chose.

— Oh, ce sont des conneries. Ce n'est parce qu'il le dit que c'est vrai, grogna Alex.

— Non, mais le fait que tu aies réorganisé tous les objets sur la table et aussi aligné la salière et la poivrière avec une précision militaire au lieu de t'affaler sur ta chaise comme d'habitude, en te moquant de nous parce que nous sommes des nazes avec notre posture... expliqua Ryan en haussant les épaules. Crache le morceau.

— Si je prends un congé exceptionnel, pourras-tu me remettre dans les effectifs ? demanda Alex à Mack avant de lancer un coup d'œil à Ryan. Et je crois que la phrase que j'utilise habituellement est *balai dans le cul*.

Mack eut un rire ironique avant de s'essuyer la bouche et de hausser doucement les épaules.

— Ça ne devrait pas être un problème. De combien de temps as-tu besoin ?

— C'est ça le problème. Je ne sais pas, répondit Alex en faisant la grimace. Des trucs de famille. Je vais peut-être devoir rentrer chez moi un moment. Le ranch de Silver Stone me laissera partir, mais je détesterais devoir me mettre en quatre ici. Mais je ne veux pas vous laisser en plan.

Un coup résonna, secouant le mur près de la porte. Ashton Stewart apparut, ses yeux vifs détaillant leur groupe et atterrissant sur Ryan.

— Pile l'homme que je voulais voir.

Alors qu'Ashton s'avançait, Mack posa une main sur le bras d'Alex.

— Je vais revérifier, mais ça ne devrait pas être un problème.

Ashton prit un café avant de tirer une chaise et de s'installer près d'eux. Il regarda Ryan dans les yeux.

— Ta visiteuse. C'est un ramassis de problèmes.

Ryan cilla.

— Madison ? Qu'a-t-elle fait cette fois ?

Cela provoqua le rire des autres hommes.

— Ouais, ça confirme que c'est un comportement naturel chez elle, dit Ashton en agitant son téléphone. J'ai reçu un e-mail. Il semble que quelqu'un à Heart Falls soit prêt à débourser de l'argent pour que je cabriole sur scène comme une chèvre.

Seigneur. L'e-mail... Madison avait dit qu'elle le passerait en revue avec Rose pour avoir son accord, puis commencerait à envoyer les informations en ville.

Ce qui était terrible, c'était que soudain Ryan pouvait imaginer Ashton obligé de mettre une paire d'oreilles poilues et s'éclater. En fait...

— Je paierais pour voir ça, acquiesça Ryan.

Il plongea dans ses e-mails. Mack et Alex faisaient de même.

Effectivement, le message de la Fondation de l'espérance de Heart Falls se trouvait bien dans sa boîte de réception.

Le 21 décembre, la communauté de Heart Falls jouera sa propre variante de Casse-noisette. Vous n'avez jamais vu Casse-noisette ? Ne vous inquiétez pas, notre variante a été adaptée de manière unique à votre lieu et à vos besoins.

Dans la plus pure des traditions de Noël aux quatre coins du monde, cette histoire classique sera jouée par les multiples talents de notre communauté. Les ballerines stars seront la troupe de Heart Falls coachée par Charity Gruzing.

Nous levons également des fonds pour le Fonds de l'espérance de Heart Falls, et c'est là que vous entrez en jeu.

Soyez volontaire ou donateur. Ou les deux !

À chaque donation de cinq dollars, vous recevez un vote. (Des heures de volontariat déjà effectuées et/ou un engagement pour de futures heures peuvent également être échangées contre des votes.)

Votez pour sélectionner quel rôle nos volontaires devront jouer.

Par exemple, si vous voulez vraiment voir le capitaine des pompiers Bradley Ford jouer sur scène dans [notre unique variante du] rôle du roi des Souris, il devra avoir le plus grand nombre de votes dans cette catégorie.

. . .

L*ES INTERPRÈTES LAURÉATS seront tenus de* :

1. *Concevoir un costume approprié. Nous suggérons le recyclage et la réutilisation dans tous les cas, plutôt que la location. Faites plutôt don de l'argent.*

2. *Chorégraphiez sa propre danse (en solo ou en groupe) d'un maximum de deux minutes sur la musique fournie.*

Veuillez regarder <u>ce document en ligne</u> pour une liste en temps réel des interprètes potentiels actuels et le montant offert pour qu'ils interprètent ce rôle. Ceci est une levée de fonds, alors soyez généreux et rapides. Vous avez une semaine pour choisir votre distribution de rêve pour cet événement épique. Toutes les enchères fermeront à 15 heures dimanche 13 décembre.

La distribution sera annoncée lundi matin, ce qui vous laissera une semaine pour créer vos costumes et chorégraphier votre danse. La représentation aura lieu le lundi 21 décembre à 18 heures au centre communautaire de Heart Falls. Un tarif d'entrée de cinq dollars pour les adultes est suggéré mais pas requis.

Sachez que cet événement convient à tous, y compris aux familles, le but est de passer un bon moment. Le talent n'est pas requis. L'enthousiasme et le sens de l'humour, si.

R*YAN* CLIQUA sur le Google doc au moment où Mack laissait échapper un braiment de rire.

— Ashton, je suis content pour toi. Au moins vingt-six personnes veulent te voir cabrioler comme une chèvre.

Ashton se renfonça sur sa chaise et croisa les bras sur son torse.

— On croirait que certains auraient un peu plus de respect pour l'honneur masculin.

C'était très amusant.

— Tu penses que ce sont tous des travailleurs de Silver

Stone ?

— Regardez ça, vingt-sept ! les informa Mack.

Alex posa son téléphone sur la table et tenta d'avoir l'air innocent.

Ashton lui lança un regard noir.

Alex haussa les épaules.

— Que puis-je dire ? L'e-mail du ranch encourageant notre participation est arrivé en même temps, et je suis à fond pour l'esprit d'équipe.

Ryan croisa le regard d'Ashton. La question que Madison avait précédemment posée incita Ryan à revérifier sa réponse.

— Si tu finis par devoir danser comme une chèvre, est-ce que tu le feras ?

— Bien sûr que oui, dit Ashton. Je ne suis pas un ours mal léché sans esprit de fête. Heart Falls est mon foyer, et c'est pour le bien de la communauté.

À part l'emphase des premiers mots, Ryan partageait cette opinion.

Mack et Ashton partirent faire une vérification spécifique de l'emploi du temps. Alex resta en face de Ryan, les mains appuyées sur la table, son attitude prétentieuse envolée. Il semblait hésiter à parler.

Il cracha finalement le morceau.

— Est-ce que je suis vraiment un con quand je parle à Yvette ?

Si Alex voulait de l'honnêteté...

— Tu es puéril avec elle. Un peu comme les petits garçons à l'école primaire qui tirent les nattes des filles qu'ils aiment bien.

— Eh bien, merde, dit Alex en faisant la grimace. C'est parce que je l'aime bien.

— Comme aucun de vous deux n'a dix ans, ce n'est sans doute pas une bonne manière de lui faire partager tes sentiments. Je dis ça en passant, avança Ryan.

Alex se pencha en arrière, retournant à sa position vautrée.

— Eh bien, puisque je vais bientôt quitter la ville de toute façon, il n'est pas très utile de s'inquiéter de mes erreurs passées. Je ne devrais pas commencer quelque chose que je ne peux pas finir.

C'était exactement la conclusion à laquelle Ryan était arrivé de son côté.

Il croisa le regard d'Alex.

— Quand pars-tu ?

— Je l'ignore pour le moment. Je le saurai probablement à la dernière minute.

— Mais tu vas revenir ? demanda Ryan.

— Et comment ! J'ai un super boulot à Silver Stone et de bons amis ici à la caserne, répondit Alex en hochant lentement la tête. Je dis simplement que je dois attendre pour autre chose.

Une sensation de gêne noua les tripes de Ryan. Il avait hâte de rentrer à la maison pour trouver un endroit et un moment pour reprendre l'exploration sexuelle avec Madison. Mais la vérité demeurait. Elle allait partir.

Cette nouvelle relation entre eux ne pouvait mener nulle part. Ce ne serait pas une bonne idée de se faire de faux espoirs.

YVETTE ALLA CHERCHER MADISON. Brooke et elle avaient tiré à pile ou face pour savoir laquelle conduirait, cet esprit de pure compétition avait fait rire Madison.

Elle comprit mieux quand elles furent assises toutes les trois sur la banquette de la camionnette d'Yvette, Madison au milieu.

Elle se pencha en avant alors qu'Yvette quittait la nationale et s'engageait sur ce qui ressemblait au mieux à un sentier de chèvres.

— C'est la route ?

— Pas la route principale, mais oui, répondit Yvette avant de pointer du doigt le sommet de la crête où des traces de pneus moins marquées disparaissaient sous une neige compacte. C'est l'arrière de la propriété de Sonora. Sa maison et l'écurie refuge sont juste au bord de la route principale.

— Tu verras pourquoi nous passons par là dans une minute, déclara Brooke en tapotant Madison sur l'épaule et en désignant une autre direction. Mais voilà une vue que tu devrais apprécier. C'est Silver Stone. Toutes ces terres, en gros de là où nous sommes jusqu'à l'horizon.

— Waouh !

Pour une citadine qui avait passé le plus clair de son temps dans un appartement quand ses frères étaient jeunes, cette immensité ressemblait à une immense région sauvage.

— S'il te plaît, dis-moi que ce n'est pas une activité de type survivant où vous allez m'abandonner et découvrir si je suis toujours en vie au printemps.

Brooke se pencha en avant et sourit à Yvette.

— Cette fille a une sacrée imagination.

— Je m'en doutais depuis que j'ai découvert qu'elle avait transformé le casse-noisettes et Clara en poupées de chiffon. Ou peut-être pas ça, parce que c'est à moitié dans l'œuvre. Mais la danse du café et du thé transformée en poulets et chevaux ? *Ça*, ça demande un grain de folie.

Elles marquèrent une pause devant une clôture en fil barbelé. Madison fut contente d'être sur le siège du milieu quand Brooke ouvrit sa portière et avança péniblement dans la neige, qui lui montait jusqu'aux tibias, pour ouvrir une barrière.

— Ah. Le scénario se complique. C'est pour ça que tu voulais conduire, accusa Maddy.

— Coupable. Même si j'aime aussi conduire sur cette route, dit Yvette.

— Je ne pense toujours pas que ce soit une route, marmonna Madison.

Brooke attendit qu'Yvette ait traversé, puis referma la barrière derrière elles.

Deux autres barrières plus loin, elles avaient gravi le sommet de la colline et étaient descendues dans une jolie petite vallée à l'abri du vent. Il y avait aussi une très petite écurie ou un abri vraiment grand – Madison n'en savait pas assez pour faire la différence entre les deux.

Un petit groupe de chevaux, déjà sellés et prêts à être montés, était rassemblé devant la barrière en bois autour du manège. Sonora était assise confortablement sur son propre cheval, à l'extérieur du refuge.

Elle leur fit signe d'avancer, mettant pied à terre pour les rejoindre alors qu'elles sortaient de la camionnette d'Yvette.

— On fait d'une pierre deux coups. Mon petit-fils par alliance a dit que les anciens avaient besoin d'un peu d'attention.

Un homme grand avec des cheveux bruns et un gentil sourire inclina son chapeau dans leur direction.

— Brooke. Yvette.

Il s'avança et tendit la main à Madison.

— Et vous êtes Madison. Je suis Walker Stone. Bienvenue, et merci.

— Ravie de vous rencontrer... et à quoi dois-je répondre *de rien* ?

Il lui lança un grand sourire alors qu'il jetait un coup d'œil à sa grand-mère.

— J'ai entendu dire que c'est vous qui avez organisé la danse qui va se dérouler dans quelques semaines.

Sonora claqua la langue.

— Est-ce que tu prévois de te mêler de ce qui ne te regarde pas ?

Walker baissa la voix d'un ton de conspirateur.

— L'occasion est trop belle pour y résister. De plus, c'est pour la bonne cause. À quelle heure se terminent les enchères, déjà ?

— Dimanche à 15 heures, alors si vous avez quelque chose de machiavélique en tête, prévoyez votre assaut en conséquence, encouragea Madison. Et ouvrez grand votre portefeuille.

— Cette partie-là est déjà prévue, dit Walker avec un sourire avant de pencher la tête vers les chevaux. Venez. Ils ont tous hâte de vous rencontrer.

Ce qui s'ensuivit fut un petit moment de perfection festive auquel Madison ne s'était pas attendue. Même si elle savait qu'elle allait dans une communauté rurale, Ryan n'était pas vraiment concerné par ces activités-là, alors elle n'avait pas pensé pouvoir profiter d'une promenade à cheval.

Walker les présenta aux trois vieux et robustes chevaux. Il leur expliqua que c'étaient des retraités.

— Mais ils ont fait beaucoup de bon travail au cours des années, alors c'est agréable de les emmener de temps à autre et de les laisser se dégourdir les jambes.

Madison avait un magnifique cheval marron foncé qui poussa les naseaux contre son ventre, la faisant rire jusqu'à ce qu'elle ait une chance de lui présenter la carotte que Walker lui avait donnée.

Elles firent un tour ou deux d'entraînement dans le manège avant que Walker ne les conduise sur un sentier qui serpentait autour de la petite vallée protégée.

Une fois que le groupe eut atteint un endroit plus plat, il se retourna puis inclina de nouveau son chapeau.

— Je serai juste devant.

Quelques minutes plus tard, il était assez loin devant pour que les quatre femmes aient toute l'intimité qu'elles pouvaient désirer.

Sonora se balançait en rythme du pas de son cheval, Yvette à ses côtés, Brooke et Madison directement derrière elles.

— C'est un bon garçon, mon petit-fils par alliance.

— Tous vos petits-enfants sont merveilleux, lui assura Brooke. Tansy essaie à elle seule de faire prendre au moins une taille de pantalon à tout le monde en ville cet hiver.

Madison additionna deux et deux.

— Je ne savais pas que Tansy était votre petite-fille.

— J'en ai quatre, dit Sonora avec joie. La plus âgée, Ivy, est mariée à cet homme merveilleux devant nous. Tansy et Rose, vous les connaissez par leur boutique. La plus jeune est partie par monts et par vaux à l'école d'art. Mais Fern reviendra pour les fêtes. J'aime bien quand toutes mes poulettes sont à portée de main.

L'image de Sonora en mère poule était très appropriée.

— Est-ce qu'elle sera rentrée à temps pour *Casse-noisette* ? demanda Yvette avant de se tourner vers Madison. Si tu as besoin d'illustrations, c'est à elle qu'il faut demander.

C'était sur la liste des préparatifs.

— Je ne veux pas m'imposer, mais pourriez-vous la recruter pour moi, Sonora ? Si elle a le temps ? Nous n'avons pas besoin de grand-chose, mais quelque chose d'un peu mieux que mes talents en dessin serait utile.

— Bien sûr. Je suis sûre qu'elle sera ravie, répondit Sonora, son sourire redoublant. Vous voyez quand les gens font ce qu'ils sont censés faire et que cela les rend plus heureux ? Eh bien, ma petite-fille fait de l'art.

Cette philosophie ressemblait un peu à ce que Madison pensait le concernant, Ryan et elle. Être amis les avait toujours rendus heureux.

Être davantage... jusqu'ici, ça marchait bien.

— Je crois qu'elle aura terminé le 15, alors je lui dirai de prendre contact avec vous.

Sonora se pencha en avant sur le pommeau de la selle et se tourna, hochant le menton vers Madison avec approbation alors qu'elle changeait un peu de sujet.

— J'apprécie que vous ne rendiez pas les choses trop compliquées. J'apprécie que vous changiez le spectacle pour qu'il corresponde à Heart Falls.

— Moi aussi, acquiesça Brooke. C'est aussi sympa que tu aies fait fonctionner ça pour tout le monde, et tous les âges, pour qu'ils participent.

— J'aime bien que tu aies combiné ça avec la levée de fonds, dit Yvette lentement, mais quand elle se tourna pour regarder Madison, ce fut pour lui lancer un grand sourire et un clin d'œil. C'est assurément plus amusant de penser aux gens que nous connaissons et que nous aimons sur scène.

— Tous ceux qui ne sont pas des ours mal léchés voudront être impliqués, dit Sonora fermement. Même si, personnellement, si je devais être un des animaux de ferme, je choisirais d'être un chat.

— Vous feriez un merveilleux chat, lui assura Yvette.

Le sujet se déplaça vers la météo attendue et les autres occasions de se réunir pendant que Madison serait encore en ville. Elle ne mentionna pas qu'elle prolongerait peut-être son séjour.

Jusqu'à ce que Ryan et elle en aient parlé, elle se tairait.

Pas de pression sur lui, pas de pression sur qui que ce soit. Peu importait qu'elle sente que c'était ce qu'il fallait. Pas seulement pour Ryan et elle, mais pour ces femmes, pendant ce moment. Avec cet air frais, le ciel bleu et le vieux cheval fiable qui se balançait allégrement alors qu'elles chevauchaient dans l'air hivernal de décembre.

13

———

ela sembla prendre une éternité à Talia de se calmer et d'aller au lit le lundi soir. Elle vibrait d'excitation depuis que Charity avait confirmé la représentation de *Pas si casse-noisette* dans deux semaines.

Une fois que la petite fille eut enfin dit bonne nuit, Ryan et Madison allèrent dans la cuisine.

Il l'attira dans ses bras, l'étreignant d'abord, il avait simplement besoin de ce contact seuls entre adultes. Les baisers vinrent ensuite, et il n'allait pas se précipiter parce que, même pendant le peu de temps qu'ils avaient pu passer ensemble, il avait découvert qu'embrasser Madison était une des choses qu'il préférait.

Elle avait une manière de placer son corps pour s'appuyer contre lui... Pas comme si elle essayait de les encourager à aller plus vite, de les pousser plus loin. Elle voulait simplement des points de contact, autant que possible, pendant que leurs lèvres s'exploraient.

Ses seins doux contre son corps, les pouces glissés sous la taille du jean de Ryan. Elle lui faisait confiance pour la retenir avant qu'elle ne tombe face contre terre... ce qui était un acte de confiance remarquable, étant donné qu'il y avait des moments où les jambes de Ryan n'étaient pas très stables. Et ils ne faisaient que s'embrasser.

Le grincement d'une porte – la chambre de Talia – les fit se séparer brusquement tout en essayant de prendre l'air innocent alors que la fillette venait chercher un verre d'eau.

La deuxième fois, dix minutes plus tard, ce fut parce qu'elle avait besoin d'un câlin.

La troisième fois que Talia les interrompit, Madison bataillait clairement pour ne pas rire.

— Viens, ma puce. Je vais te border une dernière fois et te raconter une histoire sur mes frères et la fois où ils ont décidé de garder des cailloux de compagnie.

Ryan alla se coucher plutôt que d'essayer de tenter de nouveau le diable.

Mardi soir, il était sur son premier service de nuit de douze heures. Madison arriva vers 20 heures.

Elle agita la main vers les autres volontaires avant de rejoindre Ryan, qui était assis dans la salle commune en train de lire un livre. Elle s'installa à côté de lui, leurs cuisses entrant en contact, mais pas trop proches pour personne ne puisse faire de commentaire.

— Comment ça se passe, Monsieur le Pompier ?

— C'est calme jusqu'ici.

Ryan lança un coup d'œil de l'autre côté de la caserne et le reporta sur Madison. Ses cheveux d'un roux profond tombaient sur ses épaules, avec une très légère marque là où s'était trouvé son bonnet. Ses yeux étincelaient, et elle avait l'air...

À croquer.

— Que tu viennes ici n'est pas une bonne idée, dit Ryan doucement. Parce que la seule chose à laquelle je puisse penser en ce moment, c'est à t'entraîner dans la salle de douche et à te déshabiller.

— Eh bien ça !

Madison appuya les doigts contre sa poitrine comme si elle était une tante célibataire et vierge, l'air faussement choquée.

— Dire que j'étais venue te dire que tu es actuellement en tête de la sélection pour notre poupée de chiffon... masculine du *Pas si casse-noisette*.

Il se mit à rire, passa un bras autour de ses épaules et déposa un baiser amical sur sa joue.

— Tu es incroyable.

Il se mit à rire encore plus fort quand il se dirigea vers le dortoir après son départ et découvrit que, d'une manière ou d'une autre, avant de lui dire innocemment au revoir de la main, Maddy s'était faufilée à l'intérieur et avait fourré son oreiller dans le pull criard, puis l'avait reposé sur son lit. Un épouvantail de fête sans tête qu'il devait désormais porter.

La grande aventure du mercredi fut l'arrivée du lit que Madison lui avait commandé. Ryan aurait été tenté de l'utiliser immédiatement. Avoir Madison dans la maison et ne pas pouvoir la toucher quand, où et comme il le voulait le démangeait comme s'il était tombé dans un bac de feuilles de houx.

Bien sûr, le camion de livraison n'arriva dans son allée que juste avant 15 heures.

Madison lui fit signe de s'en aller.

— Je m'en occupe. Va chercher Talia, et une fois qu'elle sera à la maison, on pourra agencer tout ça.

Ryan se pencha, dirigea Madison hors du chemin des livreurs de Calgary qui apportaient la tête de lit et le sommier. S'il utilisa son corps pour la clouer sur place un instant, lui volant un rapide baiser, c'était à cause de l'excitation d'un tout nouveau meuble.

Même si cela n'expliqua pas qu'il lui attrape les mains et utilise ses hanches pour la clouer au mur.

— J'ai hâte de le tester avec toi.

Les yeux de Madison s'écarquillèrent. Bonne réaction.

Sa fille approuva aussi, mais surtout parce qu'elle pensait que le potentiel pour rebondir était assez incroyable.

Talia poussa un cri de joie.

— Il est si joli, papa !

La fillette se précipita et se jeta sur le matelas, mettant en désordre le dessus-de-lit foncé. Ryan la suivit plus lentement, le bonheur le gagnant devant le plaisir enfantin que Talia prenait à s'étendre sur la large surface.

Madison avait fait un super travail pour une tâche qu'il avait repoussée pendant trop d'années. La tête de lit était simple, mais le mélange de bois sombre et clair s'assortissait bien avec les autres meubles qu'il avait. Les draps étaient bleu foncé, la couette d'une teinte bleu royal avec des touches de blanc et de noir, et le tout avait l'air cosy et confortable.

Il avait envie de voir ses cheveux étalés sur les draps, des éclairs roux contre le sombre. Sa peau pâle...

Il croisa son regard, et une chaleur qui reflétait la sienne brillait dans ses yeux.

Ce qui rendit son *second* service pour la nuit d'autant plus dur. Et, bien sûr, ce fut la nuit où ils durent répondre à trois appels d'urgence dont, juste avant 4 heures du matin, un feu dans la benne à ordures derrière les commerces du centre-ville.

Il fut à peine conscient de Madison qui l'accueillit à la porte avec la promesse de s'occuper de Talia et de l'emmener à l'école.

— Merci.

Il pensait l'avoir dit. Il pensait avoir serré rapidement sa fille et l'avoir embrassée pour lui dire au revoir.

Ce dont il se souvenait, c'était d'avoir trébuché jusqu'à la salle de bains.

Une rapide douche chaude retira l'odeur de fumée, mais Ryan avait besoin de repos ce matin-là. Il enfila un boxer avant de se glisser sous les draps, puis sa tête tomba sur l'oreiller, et avec un soupir, il ferma les yeux.

En cinq secondes – peut-être moins –, il remarqua un détail. Les draps sentaient l'odeur de Maddy. La crème pour le corps aux agrumes qu'elle utilisait. Son shampoing pas tout à fait floral, mais presque.

Elle a dormi dans mon lit hier soir.

Il bandait avant que la pensée n'ait complètement pris racine.

Avec un grognement, il roula sur le dos et regarda fixement le plafond. Cette position le laissa complètement étendu sans que ses pieds ne dépassent de l'extrémité du matelas ou que ses mains ne touchent le mur latéral à cause de l'étroitesse du lit. Il était à l'aise partout en dehors de son sexe.

Cette prise de conscience était plutôt amusante.

Cette fichue femme incarnait l'espièglerie jusqu'à l'os. Il devrait trouver un moyen de se venger.

Mais l'épuisement l'emporta, même sur ses nerfs stimulés et impatients de taquiner Madison de toutes les manières érotiques qu'il pourrait trouver. Il s'endormit avec des plans salaces qui dérivaient dans son esprit.

Il se réveilla avec la sensation du matelas qui s'inclinait très légèrement près de lui.

La torpeur de son cerveau s'évanouit instantanément lorsqu'un corps frais et féminin se pressa contre lui. Une main glissa sur son torse, les doigts écartés, puis il sentit Madison se pencher contre lui et l'embrasser dans le cou.

Ses lèvres et ses dents longèrent sa mâchoire jusqu'à ce qu'elle se rapproche de sa bouche et l'embrasse.

Même sans qu'il soit complètement réveillé, ses mains savaient quoi faire. Alors que leurs bouches s'unissaient et que sa langue glissait entre les lèvres de Madison, Ryan roula vers elle et passa une main sur sa hanche.

Il trouva sa peau nue.

Son rythme cardiaque n'était plus calme et paisible.

— Tu es nue ?

— Peut-être, chuchota-t-elle.

Ce genre de question méritait-il un *peut-être* ? Ryan choisit d'explorer plutôt que de la réprimander. Sa recherche reçut rapidement une réponse détaillée lorsqu'il continua à bouger et que son corps vint se poser entre les cuisses de Madison.

Il se redressa sur ses coudes et baissa les yeux. Madison avait les joues roses, et ce rosissement était la seule chose qu'elle portait.

Ses seins se balançaient à chaque profonde inspiration, leurs extrémités rougies le suppliant d'utiliser sa bouche. Sa peau brillait doucement, une vue tentante, jusqu'aux poils roux et bouclés qui couvraient son pubis.

Madison écarta un peu plus les jambes, et Ryan s'installa plus franchement, son membre pressé contre son intimité embrasée. Il remua légèrement les hanches, et la chaleur et l'humidité accueillantes le firent trembler d'excitation.

— Je regrette vraiment de porter mon boxer en ce moment, chuchota Ryan avant de lever les yeux pour croiser le regard de Madison. Mais pas de plaisanteries. Est-ce que tu en as envie ?

— J'ai envie de toi.

Elle l'avait dit simplement. Ses paroles honnêtes, associées au fait qu'elle leva un préservatif en l'air, firent battre le cœur de Ryan vite et fort.

Puis il la prit, lentement. Si lentement qu'il devait avoir utilisé toute sa tendresse de l'année en un coup.

Des baisers sur les lèvres de Madison alors qu'elle caressait ses épaules et passait les doigts dans ses cheveux sans relâche.

Des baisers le long de son corps avant de marquer une pause pour goûter et apprécier ses seins jusqu'à ce qu'elle se cambre, et enfonce les ongles dans ses biceps qu'elle agrippait.

Des baisers sur son ventre avant de plonger brièvement la langue dans le creux superficiel de son nombril et d'utiliser ses dents sur la peau de la hanche de Madison. Les mains de Ryan prirent son postérieur entre leurs paumes, la peau contre ses doigts le suppliant de la caresser aussi à cet endroit jusqu'à ce qu'elle tremble.

Mais encore plus tentant était de frôler l'intérieur de la cuisse de Madison de ses lèvres. L'embrasser, la mordiller, et s'attirer un hoquet vif alors qu'il remontait vers son intimité tout en la léchant.

Ryan utilisa ses pouces et l'écarta.

— Joyeux Noël à moi, marmonna-t-il avant de déposer le plus léger des baisers possibles sur la partie la plus sensible de Madison.

— Ryan.

Elle avait dit son prénom comme un avertissement, comme une requête. Les pieds plantés contre le tout nouveau matelas, elle leva les hanches et poursuivit sa bouche. Elle tendit la main et glissa les doigts dans ses cheveux pour le ramener là où elle le désirait.

Il était trop facile de sourire. Malgré la dureté douloureuse de son membre qui devait encore être traitée, c'était amusant, exactement ce qu'il attendait des ébats avec sa meilleure amie.

Il fit aller et venir un de ses doigts. Il en ajouta un deuxième tout en léchant son clitoris plus fermement alors qu'il bougeait lentement en elle. Quand il incurva ses doigts légèrement, le gémissement de Madison lui annonça qu'il avait touché le jackpot.

Ryan se redressa juste assez pour croiser son regard.

— Tu veux jouir avant, pendant ou après que je serai en toi ?

— N'arrête pas.

Le visage de Madison se tordit sous le plaisir alors qu'il appuyait de nouveau sur son point sensible, effleurant son clitoris du pouce.

Ce serait avant. Ça lui convenait. Il allait avoir beaucoup de mal à tenir plus d'une minute, tout bien considéré.

Il recommença à utiliser sa bouche, absorbant le goût et les gémissements qui s'échappaient des lèvres de Madison. Ils étaient plus délicieux que le délice qu'elle avait préparé pour le repas de la caserne parce qu'elle était ici, dans son lit, son corps se serrant autour de ses doigts alors qu'elle ânonnait son prénom.

Il y avait des années qu'il ne l'avait plus fait, alors il fut impressionné par la vitesse à laquelle il enfila le préservatif. Un instant plus tard, il était revenu entre ses cuisses, son gland face à son sexe.

Il se souleva, croisa son regard et s'enfonça.

— *Oui.*

Elle l'avait soufflé, puis son visage se tordit. Mais avant que Ryan ne puisse s'inquiéter, Madison souleva les jambes et les enroula autour de ses hanches.

— Je jouis encore.

Les mots étaient tendus, emplis de plaisir.

Ryan n'avait pas vraiment besoin d'être informé. La pression qui l'enveloppait aurait été douce quoi qu'il arrive, mais avec ces muscles qui frissonnaient autour de lui, il supposait que son estimation de *moins d'une minute* venait d'être réduite de moitié. Il recula et plongea.

Madison lui enfonça les talons dans les fesses et l'entraîna plus profondément. D'accord, désormais il ne lui restait que quelques secondes.

Ryan unit leurs doigts, plaqua les mains de Madison contre le lit de chaque côté de sa tête. Il la regarda fixement dans les yeux alors qu'il la pénétrait une fois, puis une deuxième fois, avant que le mouvement suivant ne l'achève . Il les immobilisa, frottant les hanches contre elle pour appuyer aussi sur son clitoris, parce qu'elle l'enserrait toujours et qu'elle hoquetait encore alors que son premier orgasme, ou un second, continuait.

Le cerveau de Ryan fondit dans une explosion de plaisir.

Curieusement, quand ce fut terminé, il s'était écroulé à côté d'elle et pas sur elle. Puis il se mit à rire quand elle le poussa sur le dos et marmonna quelque chose au sujet de garder les draps propres.

La sensation commença au fond de lui. Il lui lança un coup d'œil alors que Madison entrouvrait une paupière. Elle était allongée près de lui, tous deux toujours haletants, tous deux, supposait-il, toujours sous le choc d'une sacrée chevauchée.

Ses oreilles sifflaient.

Il se sentait merveilleusement bien.

— Je pense que c'était un baptême très minutieux de ton nouveau matelas.

Madison réussit à énoncer cette phrase même si cela lui demanda plusieurs respirations.

Ryan se pencha et l'embrassa lentement, doucement, et en y mettant tout son cœur. Puis il chuchota :

— C'était un bon début. Ne va nulle part. Je reviens tout de suite.

~

Le lundi, Madison pouvait honnêtement dire que le matelas de Ryan avait la parfaite fermeté et exactement le bon moelleux.

Ils s'étaient retrouvés dessus quasiment à la moindre occasion, surtout pendant le week-end alors que Talia était chez ses grands-parents. Madison était endolorie d'autant d'activités après sa traversée du désert, mais chaque pincement d'inconfort en valait vraiment la peine.

Le sexe avec Ryan était amusant et physiquement satisfaisant. Mais ce qui faisait frissonner Madison, c'était qu'il avait commencé à la toucher en dehors de la chambre. Il faisait toujours attention à ce que Talia ne soit pas là, ni aucun témoin trop observateur, mais il se tenait malgré tout près d'elle. Il posait une main au creux de ses reins. Il lui frôlait le bras de ses doigts, et toujours, avant de l'embrasser, il lui passait une main sur la joue, et ses yeux étincelaient comme s'il était absolument ravi de la découvrir là.

Savoir qu'ils avaient leurs années d'amitié et quelque chose de nouveau pour l'agrémenter...

C'était une sensation magique à laquelle Madison ne s'était pas attendue.

Ryan et elle n'avaient toujours pas discuté de leur avenir ni de quels changements elle était prête à faire dans ses projets pour qu'ils puissent essayer d'être ensemble. Mais ils avaient actuellement assez de pain sur la planche, notamment devoir essayer de résoudre le dilemme de la fête d'anniversaire de Talia, sans y ajouter davantage pour le moment.

Madison pensait qu'ils auraient le temps entre Noël et le Nouvel An pour la conversation plus sérieuse sur leur couple et leur futur.

Un tapotement sur ses doigts la ramena au présent. Elle était assise au Buns and Roses avec Yvette à côté d'elle, à préparer la liste définitive de la distribution pour le *Pas si casse-noisette.*

— Tu rêvasses, la taquina Yvette.

Inutile de le nier.

— Désolée. Prête pour la dernière vérification ?

— Allons-y.

Rose s'était assise avec elles plus tôt, revérifiant les documents avec les données en ligne sur les sommes provenant des dons, et en dehors de quelques petits cafouillages, tout était équilibré. Puis elle avait eu des clients dans la partie bibelots et fleurs de la boutique, dont elle avait dû s'occuper, laissant Yvette et Madison terminer le reste de cette tâche.

La liste de la distribution était facile à gérer, puis Madison fit relire une dernière fois à Yvette le script qu'elle avait griffonné. À elles deux, elles avaient mis en place un événement très basique et amateur mais très amusant avant le déjeuner.

Madison envoya les e-mails pendant qu'Yvette appelait la femme que Josiah leur avait suggérée comme narratrice. Puis elles prirent un pain à la cannelle pour se féliciter du travail bien fait.

Les yeux d'Yvette pétillaient de rire.

— Alors... Des suggestions sur la manière dont des chats dansent ? Pour les chorégraphies de mes enchaînements ?

— Pas de suggestions, en dehors du fait que ça m'intéresse vraiment de voir ce que tu imagineras.

Ainsi que Sonora, un autre chat.

Cette dernière avait obtenu ce qu'elle voulait, ce qui semblait une coïncidence fort opportune...

Si Madison le voulait, elle pourrait passer en revue et trouver exactement qui avait voté pour quoi. Mais si Sonora voulait faire un don suffisamment important pour s'assurer de participer comme elle le souhaitait, qui était Madison pour se plaindre ?

— Je suppose, acquiesça Yvette. Tu vas être assez occupée avec Ryan.

Pendant une seconde, Madison pensa qu'Yvette parlait du sexe déchaîné auquel ils s'adonnaient, jusqu'à ce qu'elle se rende compte qu'Yvette faisait référence à leurs rôles dans l'événement communautaire.

Ils jouaient un garçon et une fille poupées de chiffon qui prenaient vie dans l'histoire.

— C'était l'idée de Josiah, et elle était bonne, admit Madison. Puisque je suis en quelque sorte celle qui dirige le spectacle, m'avoir sur scène la plupart du temps veut dire que je suis celle qui devra improviser si quelqu'un oublie ce qu'il est censé faire.

— Ce sera très amusant, dit Yvette avant que son sourire ne devienne machiavélique. Et j'ai hâte de voir Alex. J'espère qu'il n'aura pas le trac.

Madison se mit à rire.

— Alors c'est *toi*, la raison pour laquelle il est un chien.

Yvette approcha une clé imaginaire de ses lèvres, la tourna puis la jeta.

Une fois qu'elles en eurent terminé au café, Madison passa à la caserne.

Elle fut accueillie par un chœur de cris de la plupart des volontaires alors qu'elle passait d'un bon pas à la recherche de Ryan. D'abord, les habituels commentaires, parce qu'elle portait encore une fois le pull moche – Ryan l'avait fourré dans la machine à laver, et elle l'avait découvert quand elle était sur le point de lancer une lessive.

Ensuite arriva l'approbation de l'e-mail que tout le monde avait à l'évidence déjà ouvert.

— Beau boulot.

— Est-ce que c'est enfermer quelqu'un dans un rôle que d'appeler Mack un rat ? demanda quelqu'un.

Charity frappa le commentateur du dos de la main puis sourit en pointant du doigt l'endroit où le camion était garé.

— Ryan et Mack sont là-bas.

Ils arrêtèrent tous deux ce qu'ils faisaient à l'instant où Madison apparut. Ryan affichait une expression légèrement amusée qui disait *Je n'arrive pas à croire que tu aies fait ça.*

Mack secoua la tête.

— Vraiment ? Le roi des Rats ?

Elle leva innocemment les mains en l'air.

— Ton public aimant s'est exprimé.

— Ton épouse aimante va te botter les fesses sur scène, ajouta Ryan.

— En tout cas, les répétitions seront amusantes, signala Mack. De plus, *moi* au moins je suis un rongeur menaçant. Toi, par contre, tu es une poupée.

— Oooh, je t'aime aussi, dit Ryan avant de se tourner vers Madison. Je suppose que ça veut dire que nous devons prévoir une répétition ?

— Nous avons le temps, promit-elle. Aujourd'hui, je pensais créer nos costumes, si ça te convient.

Il agita la main puis marqua une pause, tendit la main dans sa poche arrière et en sortit son portefeuille.

— Tiens.

Madison eut un rire moqueur.

— Mignon, mais non, dit-elle en se tournant vers Mack. Si toi ou Brooke avez besoin de quoi que ce soit pendant que vous vous préparez, prévenez-moi.

— Ça marche.

Ce soir-là, après le cours de ballet, quand les danseurs furent assurés qu'ils auraient une chance de se produire sur scène, Talia était si excitée qu'il fallut les efforts combinés de Madison et Ryan pour la calmer.

Le côté amusant de la confection de costumes aida. Pleine d'enthousiasme, Talia fit d'énormes coutures en forme de X avec de la laine qu'elle aida à coudre sur les vêtements que Madison avait trouvés à la friperie.

Finalement, il n'y eut plus qu'elle et Ryan. Aussi tentant que ce soit de s'enlacer de nouveau comme ils l'avaient fait pendant tout le week-end, ils semblaient tous deux comprendre le besoin de changer de rythme pendant que Talia était à la maison.

Ryan alluma la télé et attira Madison près de lui sur le canapé.

— Demain c'est mon jour de repos. Nous définirons les trucs dont nous avons besoin pour la représentation à ce moment-là. Ce soir, je veux simplement te serrer dans mes bras.

Madison ne pouvait pas protester. Assise suffisamment près pour avoir une jambe posée sur les siennes, elle se détendit dans ses bras, leurs doigts entrelacés, leurs mains en équilibre sur sa hanche. Suffisamment proches pour que, lorsqu'il se pencha et pressa les lèvres contre sa tempe, rien d'autre ne bouge. Simplement une position intime, confortable et chaleureuse qui faisait qu'elle se sentait vivante jusqu'au bout des ongles.

Une soirée qui contrastait parfaitement avec les rires qui leur firent mal au ventre du lendemain matin, alors qu'ils commençaient à chorégraphier leur danse de poupées de chiffon.

Elle ne savait pas que son meilleur ami n'avait aucune capacité pour se tenir autrement que droit comme un piquet tel un soldat. Après une énième tentative de lui faire faire autre chose que traverser la pièce, elle craignit de devoir prendre des mesures radicales.

— Peut-être que tu devrais penser à être de la gelée.

— Parce que c'est une chose que les gens font régulièrement ?

— Faire semblant d'être un calamar ? Je sais…

Ryan fit une autre tentative pour sa marche de poupée de chiffon, s'agitant à travers le salon. Il regarda Madison avec une mine quelque peu dégoûtée lorsqu'elle se couvrit la bouche et essaya de cacher son amusement.

— Qu'est-ce que j'ai mal fait cette fois ?

— Rien. Rien, insista-t-elle. Tu fais très bien la mollesse.

Les lèvres de Ryan tiquèrent.

— Tu es terrible pour l'ego masculin.

Entre son expression et son commentaire, Madison abandonna. Elle se mit à rire en s'agrippant le ventre et en s'efforçant de reprendre son souffle. Il lui fallut un moment, ce qui voulait dire qu'elle termina par terre.

Ryan s'assit près d'elle et soupira lourdement en lui tapotant la jambe.

— Là, là. Je suis sûr que nous y arriverons d'une manière ou d'une autre.

Madison essuya ses larmes et roula sur le côté pour lui attraper le bras.

— Tu dois te *détendre*.

— Vraiment ?

Le ton de sa voix changea complètement. Plus profond, ses yeux brillaient, intéressés.

— Hum, hum.

Madison se tourna pour se retrouver entre ses jambes. Elle glissa les mains sur ses cuisses, se pencha vers lui et frôla sa joue, puis son oreille de ses lèvres.

— Chacun de tes muscles doit se *détendre*.

Il secoua la tête et se tourna pour que ses lèvres planent devant les siennes.

— Ce que tu fais me raidit. Je le dis comme ça.

— Oh, eh bien, *ça* pourrait être un problème.

Elle le fit tomber sur le dos, les mains posées de chaque côté de son corps.

— Peut-être que nous devrions faire quelque chose à ce propos d'abord, puis nous efforcer de transformer les bonnes parties de ton corps en gelée.

Madison recula légèrement et glissa les paumes de ses mains sur le doux coton de son t-shirt. Les muscles dessous étaient tous bandés... Ryan était vraiment dur partout. Elle attrapa l'élastique de son jogging et l'abaissa avec son boxer juste assez pour libérer son sexe.

Le regard rivé à celui de Ryan, Madison plia les doigts autour de son érection.

— J'ai envie de ça.

— C'est tout à toi, dit Ryan joyeusement, et le dernier mot se transforma en un grognement, parce qu'elle avait immédiatement baissé la tête et entouré des lèvres son membre dur.

Elle le travailla lentement, sa langue taquina son membre épais et lourd. Elle referma la bouche et aspira fort alors qu'elle remontait et le maintenait fermement à la base, sa prise allant et venant en rythme avec ses lèvres.

La tension du corps de Ryan augmenta. Sa main à l'arrière de la tête de Madison était encore douce alors même qu'il l'encourageait à continuer lentement, à aller plus profondément.

— Putain.

Il se redressa légèrement, alors que ses abdominaux impressionnants travaillaient dur. Ses mains prenaient maintenant les joues de Madison entre leurs paumes.

— J'y suis presque, la prévint-il.

Madison aspira encore plus fort, attendant l'écoulement du sel sur sa langue.

Il fallut encore trois aspirations avant qu'il ne se laisse aller. Son torse trembla, ses hanches se relevèrent brusquement, ses lèvres chuchotèrent son prénom. Quelques secondes plus tard, Ryan était étalé sur le dos, respirant lourdement, un énorme sourire sur le visage.

C'était sûrement cruel, mais *c'était* l'argument qu'elle essayait de faire passer. Madison l'attrapa par la main et se releva, l'entraînant avec elle.

— Lève-toi. Lève-toi. Maintenant.

— Quoi ?

Ryan roula, posa une main sur le sol et se redressa maladroitement. Le jogging coincé autour des chevilles, il regarda autour de lui comme s'il se demandait quelle était l'urgence.

— Qu'est-ce qui... ? Oh, *bon sang*.

Elle s'avança lorsque les jambes de Ryan cédèrent brièvement. Madison sourit alors qu'elle passait un bras autour de sa taille et le soutenait jusqu'à ce qu'il retrouve son équilibre.

— Et ça, mon cher ami, c'est le genre de mouvement de jambes que nous cherchons en tant que poupées de chiffon.

Ryan la regarda fixement pendant un instant. La surprise, puis la compréhension, puis l'amusement se succédèrent. Il marqua une pause pour remonter son pantalon, puis l'attira dans ses bras et la serra fort alors qu'il la faisait tourner et riait.

— Madison Joy. Tu es une perle rare.

14

———————

Le parking était presque plein. Quand Ryan eut terminé de s'assurer que tout était prêt pour la nuit à la caserne avec les volontaires de remplacement, il ne restait qu'une heure avant la représentation.

L'espace libre du centre communautaire de Heart Falls était déjà à demi rempli. Certaines personnes discutaient, et un groupe dans le coin avait spontanément entonné des chants de Noël. Une horde de petites filles en tutus et trois petits garçons en justaucorps de danse sautillaient et bondissaient à travers la pièce, de grands sourires sur le visage.

Ryan remarqua une demi-douzaine de personnes dans le public qui semblaient porter des pulls moches – et ne sut pas quoi penser de cette découverte.

À la place, il avança vers l'avant, où Rose s'occupait d'une table où un certain nombre de jolis paniers étaient exposés, devant chacun desquels de petites boîtes se remplissaient lentement de billets de tombola .

— Presque prêt ? demanda-t-il.

Rose leva le pouce puis l'utilisa pour indiquer le côté gauche de la scène par-dessus son épaule.

— Je suis très contente que ta petite amie ait le sens artistique. Je vais m'occuper des dons, et tu peux aller aider Madison et Josiah à gérer le chaos en coulisses.

Il essaya d'ignorer la manière dont son cœur rata un battement aux mots *petite amie*.

En haut du court escalier, il fut accueilli par Josiah. Le vétérinaire du coin avait de l'expérience sur scène, même s'il n'en parlait pas beaucoup. Mais il était, comme Madison l'avait décrit, *le parfait complice*, parce qu'elle avait à peine eu besoin de décrire ce qui était censé se passer. Il avait compris et suggéré des moyens pour tout améliorer et rendre plus facile.

Josiah serra la main de Ryan, puis lui lança un grand sourire.

— J'aime bien ta Madison. Elle a fait un très beau boulot pour trouver quelque chose de simple mais d'amusant.

— On croise les doigts pour que tout se passe comme prévu, dit Ryan.

Il lança un coup d'œil à Madison – qui était allée de l'autre côté de la scène –, hocha la tête vers Josiah, puis le laissa.

Étant donné qu'il y avait beaucoup de bruit et un flot continu de personnes qui s'approchait d'elle, Madison restait très calme et sereine. Elle lança un clin d'œil à Ryan, puis redirigea deux adolescents vers l'installation audio.

— Besoin d'un coup de main de dernière minute ? demanda Ryan.

— Absolument.

Elle l'attrapa par la main et le tira sur le côté de la pièce, puis par la porte.

Ce ne fut que lorsqu'elle la ferma qu'il se rendit compte qu'ils étaient dans un placard de rangement. Mais il ne vit pas ce qui s'y trouvait parce qu'elle prit son visage entre ses mains et l'attira dans un baiser exigeant et torride.

Son cœur battait la chamade quand elle brisa le contact entre eux. Maddy lui tapota la joue, puis tendit la main derrière elle et rouvrit la porte.

Ils étaient de retour dans la foule avant que Ryan n'ait eu le temps de faire plus que de s'embraser à l'intérieur.

Madison sourit d'un air machiavélique, pointa du doigt le côté de la scène où le costume de Ryan était étendu sur le dossier de la chaise.

— Prépare-toi. C'est presque l'heure du spectacle.

Comment s'était-il laissé convaincre de faire ça ? Ah oui, c'était *Madison*. Elle pouvait convaincre un écureuil de devenir propriétaire près d'une tanière de coyote.

Les visages familiers abondaient, mais Ryan resta dans l'ombre, attendant que la représentation commence. Charity avait Talia et les autres danseurs sous contrôle, alors maintenant, il était temps de profiter de la zizanie que Madison avait créée.

Alors que la scène s'obscurcissait et que la salle faisait silence, Madison s'avança à côté de Ryan. Ses doigts s'entrelacèrent aux siens.

La voix claire et vive de la directrice de l'école élémentaire de Heart Falls résonna par le haut-parleur. Ivy Stone n'aimait peut-être pas être au centre de l'attention, mais cachée dans les coulisses où elle pouvait voir sans être vue, elle était la parfaite narratrice.

Une seule lumière brillait sur la scène vide, et Ivy commença.

— Bienvenue à la représentation du *Pas si casse-noisette* de Heart Falls. Parce que c'est une histoire magique, vous remarquerez que nous avons des assistants magiques.

Des personnes tout habillées de noir coururent sur la scène.

Certaines apportaient les accessoires : deux chaises et une table. Les autres portaient de grands morceaux de carton que Fern Fields avait peint comme décors. Ces assistants restèrent sur scène, restant immobiles alors qu'ils tenaient le paysage en position.

— Commençons. Il était une fois une famille qui emménageait dans une merveilleuse petite ville. Elle arriva juste à temps pour les fêtes, et leurs nouveaux voisins leur apportèrent toutes sortes de cadeaux pour rendre spécial le temps qu'ils passaient dans leur nouveau foyer.

La musique s'éleva à l'arrière tandis que Brad Ford et son épouse, Hanna – portant leur fils de six mois, Drew –, s'avançaient vers les chaises au centre de la scène. Un flot de personnes se joignit à eux, chacune dansant ou se déhanchant. Certaines marchaient lentement, certaines sautillaient. Le maire de la ville, un homme grand qui portait un turban rouge vif, arriva en valsant avec son épouse, vêtue d'un sari doré étincelant.

Tous apportaient des cadeaux emballés qu'ils posèrent sur la petite table.

Ryan et Madison entrèrent aussi sur scène, marchant les jambes raides pendant quelques pas avant de manquer de s'écrouler, comme s'ils n'avaient pas d'os dans leurs jambes. Ils glissèrent finalement au sol sur le côté de la scène, près de la cheminée peinte. Les enfants les pointèrent du doigt et rirent, et les amis de Ryan visibles dans le public levèrent le pouce.

Madison s'était fait deux hautes couettes. Ryan avait coiffé ses cheveux en crête. La jeune femme portait un jogging jaune vif en guise de culotte bouffante, qui contrastait avec sa robe rose vif. Elle avait trouvé un pantalon jaune pour Ryan également – *qui avait acheté ça, d'ailleurs ?* – et un gilet rouge aussi voyant que leur pull.

Les vêtements étaient tous d'une taille trop grande, et avec les larges coutures à certains endroits, Madison et Ryan ressemblaient à deux bien-aimées poupées faites main.

Des traits noirs donnaient l'impression que leurs bouches avaient été cousues, des cercles rouge vif coloraient leurs joues, avec d'énormes taches de rousseur sombres. Ryan avait fixé la limite au maquillage des cils jusqu'à ce qu'il voie ce que ça donnait sur Madison.

C'était beau. Comme s'ils étaient deux créations de tissu sur le point d'être touchées par la magie de Noël.

Il l'avait laissée dessiner des cils sur lui aussi.

Ryan laissa son corps s'écrouler à demi, s'appuyant contre Madison alors qu'ils attendaient la prochaine partie de l'histoire. Les lumières diminuèrent légèrement, et tout le monde sur scène s'éloigna, emportant les chaises, la table et les cadeaux avec eux. Seuls les porteurs du décor restèrent.

Pendant que la narration continuait à l'arrière, tous les premiers interprètes gagnèrent les sièges réservés dans la salle. Maintenant ils pouvaient se mettre à l'aise et profiter du reste du spectacle dans le public.

— Parce que c'était la saison des fêtes, il y avait plus de magie qui flottait dans l'air cette nuit-là que d'habitude. Les poupées de chiffon qui avaient été apportées comme cadeaux prirent soudain vie.

C'était leur tour.

Madison tendit la main, Ryan la prit, et tous deux se levèrent. Ils suivirent le script et les quelques répliques qu'ils avaient.

— Comment est-ce possible ? demanda Madison en tournant lentement sur elle-même, levant haut les mains, puis agitant les doigts alors qu'elle les regardait avec joie, les yeux écarquillés.

Ryan avança maladroitement jusqu'à elle et lui reprit la main.

— La magie des fêtes rend *tout* possible.

Ils commencèrent leur danse. Des rires plaisants s'élevèrent aux bons moments. Ryan fit de son mieux pour se rappeler tous les petits trucs que Madison et lui avaient répétés sans se laisser distraire par les autres choses survenues durant la répétition pour avoir la sensation que ses genoux flageolaient correctement.

Ils terminèrent et s'inclinèrent mollement sous un tonnerre d'applaudissements.

— Puis, soudain, sortant des ténèbres, le danger arriva !

L'avertissement strident d'Ivy arracha un cri aux membres les plus jeunes du public. Soudain, Mack Klassen se trouvait sur scène. Il tenait en l'air une épée faite d'un rouleau de papier cadeau vide.

— Aaaargh.

Des rires résonnèrent, s'élevant encore plus haut alors que Brad criait :

— Tu es le Roi des Rats, pas un pirate !

Il fallut un instant pour que la foule reprenne son souffle. Pendant tout ce temps, Mack agita un doigt vers Brad, tout en secouant la tête comme s'il n'arrivait pas à le croire.

— « Oh, non », dit la fille poupée de chiffon au garçon poupée de chiffon. « Nous allons être détruits. Qui va nous sauver ? »

Ivy haussait et baissait la voix alors qu'elle déclamait les répliques des poupées.

— « Nous pouvons nous sauver. » « Pas contre des crocs et des griffes. Et pas alors qu'ils sont si nombreux. »

Mack avait été rejoint par le groupe de taekwondo du coin. La douzaine d'élèves portait de petites oreilles de rats ainsi que des queues en corde attachées à leurs tenues. Tandis qu'une vive musique de combat militaire jouait à l'arrière, ils exécutèrent leur chorégraphie, en se renfrognant, montrant les dents, tentant d'avoir l'air féroce.

Ils finirent en s'inclinant sous beaucoup d'encouragements parentaux.

Ivy éleva la voix et relança le cours des événements.

— « Non, contre les crocs et les griffes, vous avez besoin de plus », dit une voix grave qui retentit à travers la maison, et les poupées de chiffon regardèrent partout. « Qui a dit ça ? » « Êtes-vous venu nous sauver ? Êtes-vous un soldat ? »

Sur scène, Brooke roulait des mécaniques. Elle haussa tranquillement les épaules.

— Non. Ce dont vous avez besoin ici, en Alberta, c'est de la patrouille des rats, dit-elle en pointant sa poitrine du pouce. Et je suis l'attrapeuse en chef des rats.

Madison attrapa de nouveau la main de Ryan et parla :

— C'est vrai. Nous aurions dû le savoir.

— Il n'y a pas de rats en Alberta.

Ils hochèrent la tête comme des jouets qui balancent la tête.

Le public s'amusait vraiment, et quand la scène se vida – la troupe actuelle se glissant sur les sièges en retrait –, le combat entre le Roi des Rats et l'Attrapeuse de Rats commença.

Mack et Brooke s'étaient à l'évidence amusés à créer leur scène. Ils attaquèrent. Ils parèrent. Ils se poursuivirent. Mack après elle, puis Brooke après lui. Soudain, pendant que le Roi des Rats continuait à courir en cercles, l'Attrapeuse de Rats s'arrêta et se gratta la tête.

Elle s'aventura sur le côté et leva une main comme si elle avait eu une idée. Puis elle prit une profonde inspiration. Et, une autre, comme si elle se préparait pour la bataille. Elle s'exerça à quelques mouvements d'épée, secoua la tête, et réessaya.

Pendant ce temps, le Roi des Rats s'était rendu compte qu'il n'était plus poursuivi. Il se tourna, s'avança lentement et discrètement, épée levée, prêt à frapper...

Les enfants dans le public hurlèrent des avertissements à pleins poumons. Sautant sur place, ils pointaient du doigt le Roi des Rats et agitaient la main vers l'Attrapeuse.

Brooke se retourna juste à temps, percutant de son épée celle de Mack sans un bruit – puisqu'elles étaient faites en carton. En fait, celle de Mack se tordit et se plia en deux, s'affaissant.

Mack regarda tristement son épée avant de lever les yeux et de crier :

— Bam.

Brooke émit un son moqueur puis se redressa. Elle cria :

— Bang.

Quand le combat fut terminé, le Roi des Rats était sur le dos, les bras étirés vers le plafond, les pieds en l'air. Brooke posa un pied sur son torse et leva son épée en l'air d'un air triomphant.

Le public hurla de rire lorsque la deuxième épée se plissa aussi en un amas fripé.

Alors que les personnes du décor entraînaient le Roi des Rats, qui faisait au revoir de la main, Madison et Ryan s'avancèrent et serrèrent la main de Brooke.

La narration d'Ivy reprit.

— « Merci de nous avoir sauvés », dirent les poupées de chiffon poliment. L'Attrapeuse de Rats projeta la tête en arrière et se mit à rire. « De rien. J'ai toujours du temps pour sauver les autres. Et aussi, j'aime la compagnie. Je vis dans une ferme magique », leur dit-elle. « Si vous voulez la visiter, venez avec moi. »

Brooke se précipita vers l'avant de la scène, Madison et Ryan la suivirent. Les personnes du décor changèrent, tenant désormais des images de poteaux d'écuries et de stalles de chevaux, et deux vrais ballots de foin furent posés sur le sol.

— S'avançant dans la ferme magique, les poupées de chiffon furent stupéfaites quand une chose encore plus magique se produisit, annonça Ivy, l'amusement teintant sa voix. Le lutin en chef de l'écurie arriva avec toute sa cour de fées pour les accueillir.

Dustin Stone s'avança royalement sur la scène.

Le plus jeune des frères Stone était accompagné de Talia, d'Emma et du reste des petits danseurs. La petite vingtaine, avec une silhouette robuste et des cheveux bruns, il était vêtu tout de noir et d'un gilet argenté. Du tissu argenté était attaché à ses poignets et autour de ses bottes de cow-boy au niveau des chevilles. Un diadème argenté était placé sur son chapeau de cow-boy noir.

Madison se pencha et chuchota si doucement à l'oreille de Ryan qu'il n'y avait aucun risque qu'on l'entende, surtout avec les énormes applaudissements et les rires qui résonnaient dans la salle devant l'apparence de Dustin.

— Ses frères sont intervenus à la toute dernière seconde et ont placé mille dollars de plus que l'enchère la plus proche pour s'assurer qu'il gagnerait. Ses nièces ont conçu son costume et chorégraphié sa danse. Il est tordant.

Clairement, il acceptait son rôle avec bonhomie, surtout quand il tendit la main derrière lui et leva une baguette argentée en l'air. Il leva légèrement le nez, comme s'il permettait royalement aux autres de goûter à son génie.

Il agita deux fois la baguette.

— Lutins... je vous ordonne de faire la danse de bienvenue !

Dustin recula, et les petits danseurs se précipitèrent pour se mettre en position. Les yeux de Talia étincelaient alors qu'elle et ses amis bondissaient, faisaient des pirouettes et passaient un merveilleux moment en tant que lutins. Le cœur de Ryan s'emplit de joie pour elle.

Puis son ventre se tordit de rire car, lorsque la troupe de ballet eut terminé, Dustin commença. Avec l'aide de ses nièces, il s'abaissa et se balança, puis se dressa tant bien que mal sur la pointe des pieds dans ses bottes de cow-boy.

Dustin tendit les bras sur le côté tout en regardant le public devant lui. Il posa un doigt contre ses lèvres, et la foule se tut.

Un autre instant de cérémonie, puis d'un geste rapide, Dustin tourbillonna et exécuta une pirouette assez correcte. Ensuite, il s'accroupit, les bras tendus comme un artiste de vaudeville. Il tourna le dos à la foule et se dandina pour remuer les ailes attachées à sa veste, et le public éclata de rire.

Le reste de la représentation fut tout aussi amusant, y compris les vaches qui s'étaient alignées pour danser le french cancan ainsi que les chèvres qui caracolaient. Et oui, Ashton était sur scène.

Il s'était fait une barbe plus longue que d'habitude et des oreilles grises poilues, et leur danse sembla impliquer de lever beaucoup les pieds et de donner de folles ruades. Mais quand ils finirent en une haute tour, faisant semblant de se tenir sur le dos des autres, des cris bruyants d'approbation retentirent.

Yvette ainsi que Sonora et quelques autres femmes étaient les chats dansants. Puis les chiens apparurent, et leur danse sembla consister à courir en dessinant des cercles et en rassemblant les autres danseurs. Alex était là. Ainsi que l'épouse de Josiah, Lisa, qui portait leur minuscule nouveau-né, Zoë, dans un porte-bébé sur sa poitrine. Un petit terrier la talonnait comme une ombre et aboyait chaque fois que Lisa claquait des doigts.

Mais ce que Ryan préféra, ce furent les oies du Canada qui firent une sorte de ronde de la police montée, marmonnant tout du long *désolée, désolée, désolée,* lorsqu'elles se heurtaient.

Quand la dernière danse fut terminée, Ryan avait tellement ri qu'il en avait mal au ventre.

— Mais comme toutes les journées magiques, celle-ci était arrivée à son terme. Les poupées de chiffon dirent au revoir à leurs nouveaux amis dans l'écurie et retournèrent à la maison.

Les derniers interprètes quittèrent la scène, les personnes du décor changèrent, et Brooke ramena Madison et Ryan dans la maison, près de la cheminée.

— « Au revoir », dit l'Attrapeuse de Rats. « Joyeux Noël, et merci d'être venus nous rendre visite. Je pense que la magie va bientôt disparaître. »

Ils s'étreignirent tous, puis Maddy et Ryan se réinstallèrent sur le sol tandis que Brooke levait les mains en l'air. Les lumières s'éteignirent.

Quand elles se rallumèrent, Brooke avait disparu. Seul un fracas résonna, et quelque chose tomba à l'arrière. Le *ouille* étouffé de Brooke fut assez fort pour que la plupart des gens l'entendent.

— « Crois-tu que nous la reverrons un jour ? Ou que nous irons à l'écurie magique ? » demanda la poupée de chiffon féminine. « Je pense que oui », lui répondit la poupée de chiffon masculine. « La magie vient toujours à Noël, mais parfois, si nous le voulons vraiment, elle reste toute l'année. » Et voici qui conclut notre représentation de *Pas si casse-noisette.*

Les doigts de Madison étaient liés à ceux de Ryan. Il lui entourait la taille de son autre bras, et ils étaient appuyés l'un contre l'autre, confortablement installés et à l'aise. Parfait et normal, Ryan aurait voulu rester là. Même s'il était habillé comme une poupée de chiffon. Malgré le maquillage sur son visage.

Il était avec Madison, et c'était ce qui rendait ça parfait.

15

Toute la maisonnée fut en émoi pendant des jours après la représentation. Talia n'avait plus d'école, ce qui voulait dire que Madison pouvait s'investir et profiter de journées entières avec l'adorable petite fille.

Ryan insista pour dire que Maddy n'avait pas besoin de jouer les baby-sitters.

— Tout est encore organisé avec Laura, lui rappela-t-il. Et tu sembles avoir trouvé une bande de femmes avec qui causer des problèmes. Tu devrais passer du temps avec elles.

— Je m'en assurerai, promit Madison. Mais je profite aussi du temps avec Talia.

La journée qui suivit la représentation était le jour de repos de Ryan, ce qui impliquait de s'embarquer pour résoudre le problème de l'anniversaire de Talia.

Ayant géré ses frères cadets pendant des années, Madison pensa qu'il risquait d'y avoir des larmes et des ronchonnements avant qu'ils aient atteint leur destination finale. Avec ça à l'esprit, elle sortit des Post-it géants de couleurs vives.

— D'accord, ma puce. Tu es prête ?

Ryan faisait la vaisselle, mais il lança par-dessus son épaule :

— Veille à laisser de la place pour moi. J'ai des idées, moi aussi.

Talia regarda la pile de stylos et de papiers avec méfiance.

— Ça ressemble à des devoirs.

Un ricanement échappa à Madison.

— Tu es sûre de pas avoir parlé à mes petits frères ?

— Pas depuis la semaine dernière, affirma Talia.

Étant donné qu'il ne restait que trois « dodos » avant l'anniversaire de la petite fille, elle avait été incroyablement calme, mais quand elle démarra en réitérant son idée principale, il était clair qu'elle n'en démordrait pas.

— Je veux mon anniversaire le *jour de mon anniversaire*. S'il te plaît, papa ?

Ryan hocha la tête. Il s'essuya les mains, puis attrapa un des Post-it géants et écrivit en lettres majuscules.

— Célébrer l'anniversaire de Talia le 25 décembre.

Il arracha la page du bloc et la lui tendit.

— Colle-le sur le mur aussi haut que tu peux. C'est notre objectif. Tout ce qui sera en dessous, ce sera juste des idées que nous aurons eues ou des *peut-être*.

Madison se cala sur son siège.

— Waouh. Je n'ai même pas besoin d'être là.

— Si, râla Talia en retournant précipitamment à la table pour attraper le bras de Madison.

— Oups. Désolée, ma puce, je ne parlais pas de partir. Je parlais de ton papa qui sait exactement ce que nous faisons avec les blocs-notes.

— Maddy, après toutes les fois où tu m'as fait étudier et brainstormer en utilisant cette méthode, rien ne l'effacera jamais, dit Ryan d'un ton pince-sans-rire.

À la fin de cette petite interaction, Talia se retrouva assise sur les genoux de Madison. L'odeur de la petite fille et la manière dont elle caressa le bras de Madison firent que la boîte de l'espoir dans sa poitrine s'ouvrit encore davantage.

Madison était presque sûre qu'elle était tombée amoureuse de Ryan. Mais elle était absolument certaine que Talia lui avait ravi son cœur à la minute où elle était entrée dans la maison.

Il était temps de se concentrer.

— Qu'est-ce qui rendrait ton anniversaire spécial ?

Pendant les vingt minutes qui suivirent, ils écrivirent tout, du simple au ridicule. Ce qui voulait dire qu'ils passèrent beaucoup de temps à rire. Talia roula des yeux alors que son père écrivait des choses comme *monter sur des kangourous* et les collait au mur.

Mais l'excitation les gagna avec la parfaite solution quand Ryan marqua une pause lors d'une recherche sur Google.

— Je pense que j'ai trouvé.

Talia courut à ses côtés et, avec son aide, lut l'article qui disait que, dans certaines cultures, c'était la star du jour qui offrait les cadeaux.

Talia réfléchit un instant.

— Si je fais des choses pour mes amies, et que nous allons chez elles, alors nous n'interromprons peut-être pas leur Noël avec leur famille ?

Elle tourna des yeux écarquillés vers Ryan, puis lança un coup d'œil à Madison.

Si celle-ci devait passer des heures à téléphoner à toutes les amies de Talia pour trouver un emploi du temps qui fonctionnerait, qu'il en soit ainsi.

Pendant que Ryan et Talia travaillaient sur la liste des personnes avec qui elle voulait vraiment fêter son anniversaire, Madison réfléchit à quelques idées de cadeaux simples que Talia pourrait aider à fabriquer.

Au milieu de tout ça, son frère appela. Madison quitta la

table et alla près de la fenêtre, regardant dehors la cour enneigée.

— Salut, Kyle.

— Salut, Mad. Je voulais t'annoncer que le coffret cadeau que tu as commandé pour maman est arrivé. Je l'ai distraite, et Joe l'a emballé et mis sous le sapin.

— Merci, les gars, c'est génial.

Elle pouvait s'imaginer les fêtes à la maison. Les décorations familières, sa mère qui sortait les emporte-pièces compliqués qu'elle n'utilisait qu'à cette période de l'année.

— Vous allez me manquer, les dindes, admit Madison.

— Tu nous manques aussi. Seulement, on dirait que tu t'amuses bien avec ton ami.

— Absolument. Aujourd'hui, nous préparons une fête d'anniversaire, dit Madison en baissant les yeux pour découvrir Talia qui se tenait devant elle avec la main tendue. Oui ?

— Je veux parler à ton frère. S'il te plaît ?

Talia mit la main derrière le dos et resta campée là, l'air diablement mignonne.

Madison se mit à rire. Une semaine plus tôt, Talia l'avait surprise à parler avec Joe et s'était emparée du téléphone. À la fin, Joe et Kyle étaient sur haut-parleur, racontant des histoires à la petite fille et la faisant glousser.

Le cœur de Madison avait fondu en entendant ça.

Alors maintenant, elle était presque sûre de la réponse qu'elle aurait de son frère.

— Hé, Kyle. Talia aimerait encore te parler. Tu as du temps ?

— Bien sûr. C'est un trésor.

— Je te la passe. Je t'aime, frangin.

Talia prit le téléphone très poliment, puis s'écarta et commença immédiatement à raconter tous les projets pour la fête d'anniversaire itinérante qui se déroulerait le jour de Noël.

Madison retourna à table et s'assit près de Ryan.

Il glissa la main sur la sienne et la serra. Ils étaient proches, connectés.

— Tu as élevé de bons gamins.

— Tu ne fais pas du mauvais boulot non plus, dit-elle en se tournant vers lui.

Son visage était si proche, son corps juste là. Ce serait si facile de se pencher et d'unir leurs lèvres. Si normal, et pourtant pas permis.

Talia bouillait d'excitation quand elle revint en courant vers eux et tendit le téléphone à Madison.

— Kyle a une idée ! cria-t-elle presque.

Madison reprit son frère.

— Qu'y a-t-il ?

— Au cas où ça aiderait, Talia a dit qu'elle a besoin d'un cadeau à offrir à toutes ses amies. Tu te souviens quand nous préparions de quoi faire des biscuits dans un bocal ? Tous ceux à qui nous les donnions les adoraient, et Joe et moi nous éclations à les préparer.

C'était parfait.

— Kyle, tu es un génie.

— Évidemment. J'ai été élevé par la meilleure grande sœur du monde.

Talia dansait dans la pièce pendant que Madison mettait Ryan au courant de l'idée.

Ce fut Ryan qui ajouta une autre touche brillante.

— Si tu penses que ce n'est pas trop bizarre de demander aux gens d'aider à préparer leurs propres cadeaux, Talia pourrait faire venir Emma et Crissy ici pour préparer les bocaux à biscuits.

Voilà comment, le mercredi après-midi, la maison se retrouva remplie des amies de Talia pour une fête non pas d'anniversaire, mais de préparation à une fête. Ce n'était sans doute pas si différent de ce que son vrai anniversaire aurait été, mais Talia était heureuse, ce qui rendait Ryan heureux.

Et ce qui donna envie à Madison de lui dire carrément qu'elle prévoyait de ne jamais partir.

Ils installèrent des postes de travail autour de l'îlot dans la cuisine. Ryan s'occupait de la partie délicate et mettait la farine, le sel et la levure dans chaque bocal. Puis il le passait à Talia, qui ajoutait des pépites de chocolat et du sucre. Crissy complétait par des noix et Emma concluait avec de la noix de coco.

Au bout de la ligne, Madison fermait les bocaux avec des morceaux de tissu festif décoré de ballons qu'elle avait trouvés. Un papier autour du bocal contenait les instructions de préparation et la cuisson.

Quand les filles filèrent jouer dans la chambre de Talia, Ryan vint se mettre derrière Madison, glissa les mains sur ses hanches et la ramena contre lui. C'était une vraie étreinte même s'il se tenait derrière elle. Il les faisait se balancer silencieusement, joue contre joue alors qu'ils admiraient la collection de bocaux étalés sur la table.

— Merci d'avoir fabriqué un souvenir spécial de plus pour ma fille.

Ryan caressa son oreille de ses lèvres.

— Je me crée de bons souvenirs aussi, signala Madison.

Il était tentant de se retourner, de se lover étroitement dans ses bras et d'admettre ce qu'elle ressentait. À la place, elle resta là et savoura l'instant de gratitude qu'il lui offrait, le lien entre deux bons amis qui créaient des souvenirs pour une petite fille.

La journée de Noël prolongea simplement ce plaisir.

Même si Talia avait souligné que c'était son anniversaire, il y avait plus que des cadeaux d'anniversaire posés sur la table au matin.

Madison haussa les épaules.

— J'avais apporté plein de choses.

— Et j'avais déjà fait des achats moi aussi, admit Ryan.

Talia se pencha en avant, et son intérêt s'accrut quand elle remarqua son prénom sur une des boîtes.

— Ça ne me dérange pas de *partager* Noël avec mon anniversaire.

Ryan se mit à rire jusqu'à en pleurer quand la boîte avec son prénom, bien trop petite pour être suspecte, de la part Madison s'avéra contenir un mot ordonnant : *sous la table*. Il regarda et découvrit qu'elle avait collé le pull sur le dessous avec du gros ruban adhésif.

La livraison des cadeaux d'anniversaire de Talia prit beaucoup plus longtemps que Madison ne s'y était attendue. Heureusement, Ryan était intervenu et avait pris le relais pour faire l'emploi du temps, Madison ayant pensé qu'ils se présenteraient à la porte, que Talia crierait *joyeux anniversaire*, expliquerait ce qu'elle faisait, puis qu'ils repartiraient.

Madison avait oublié de prendre en compte que, contrairement à ses frères – qui auraient été concentrés sur l'idée d'arriver au bout de la liste –, Talia était une personne très sociale. Ryan avait donc prévu avec ses amis de leur rendre visite au moment où ils ne seraient pas occupés à célébrer leur propre Noël, ce qui voulait dire que, partout où ils s'arrêtèrent, ils furent invités à se joindre à leur famille pour une boisson ou une friandise. Il y avait tant de bonne nourriture, et tant de personnes merveilleuses !

Hanna et Brad avaient allumé un feu de camp dans leur jardin, alors ils s'arrêtèrent pour faire griller des marshmallows et préparer des Smores[1]. Les yeux du petit Drew étaient écarquillés alors que les flammes dansaient devant eux.

Au ranch de Silver Stone, la grande famille d'Emma était dehors dans le manège, à faire du cheval. Emma et sa grande sœur, Sasha, emmenèrent immédiatement Talia dans l'enclos des chèvres, où des rires résonnèrent bruyamment, sans discontinuer.

Il était presque 17 heures quand Ryan, Talia et Madison rentrèrent, et Talia bondissait encore.

— C'est l'heure du dîner maintenant. Non ?

Ryan lui ébouriffa les cheveux et sourit.

— Oui. Il est l'heure de ta pizza d'anniversaire.

C'était anti-Noël de bien des manières, pourtant toutes les touches dont Madison avait besoin pour sa propre fête étaient là. Elle avait parlé à sa mère et à ses frères. Elle avait rendu visite à tous ses nouveaux amis.

Elle avait regardé les yeux de Talia danser de joie alors qu'elle présentait des bocaux remplis de préparation de biscuits à toutes les personnes spéciales dans sa vie, y compris sa professeure de ballet et « Mme Sonora, qui s'occupe de tous les chiots ».

Et quand Talia alla se coucher, Ryan attrapa Madison par la main et l'attira dans sa chambre, dont il ferma la porte, et entreprit de lui offrir un autre cadeau vraiment merveilleux et très apprécié.

Il déboutonna le pull rouge étincelant et le posa prudemment sur la chaise.

— On ne voudrait pas que quoi que ce soit lui arrive. Je suis presque sûr que tu le porteras au moins encore une fois ce mois-ci.

Madison sourit alors qu'il s'approchait et unissait leurs lèvres, le plaisir et tout ce qui les reliait la submergeant. Il retira leurs vêtements à tous deux et l'emmena sur le matelas. Il descendit le long de son corps puis l'attisa jusqu'à ce qu'elle tremble d'excitation.

Puis il la fit rouler au-dessus de lui, lui tendit un préservatif et la laissa aux commandes. Ce qui lui allait très bien. Parfaitement, en fait.

À son tour, elle explora son corps, embrassant, léchant et appréciant chacun des contours de ses muscles. Elle lui enfila le préservatif assez lentement pour que les muscles de ses cuisses tremblent presque quand elle se dressa au-dessus de lui et appuya son sexe sur son membre dur.

Deux centimètres. Deux de plus. Lentement, elle les unit, les mains posées sur son torse. Les doigts de Ryan agrippaient ses fesses alors qu'il tremblait de désir.

— C'est tellement bon !

Les mots lui échappèrent profonds et rauques.

— Ça va être encore meilleur, promit-elle.

Elle se releva lentement, puis redescendit, sans relâche. Elle accéléra alors que le désir augmentait et que les mains de Ryan prenaient le contrôle. Il l'aida à rester en position alors qu'il lui donnait des coups de reins.

Ryan glissa une main entre ses cuisses, la caressant à l'endroit où il pénétrait son corps, intime et tellement bon. Les doigts humidifiés, il les fit traîner sur son clitoris, qu'il massa assez fort pour qu'il soit impossible de s'arrêter ou de ralentir.

Le plaisir les enveloppa et explosa. Des lumières vives s'embrasèrent comme des feux d'artifice aux coins des yeux de Madison.

Elle n'était pas en train de tomber amoureuse. C'était déjà fait.

Madison était amoureuse de son meilleur ami, et la seule manière d'améliorer ça...

C'était que ça dure pour toujours.

16

Comme ils avaient utilisé le vendredi pour la journée spéciale de Talia, le samedi impliquait un trajet à Black Diamond pour un repas de fête avec les parents de Ryan. De plus, il était prévu que Talia y fasse un séjour prolongé de quelques jours.

La fille de Ryan le tira dans sa chambre pour une discussion en privé alors qu'elle préparait son sac de voyage. Elle leva son regard sérieux de petite fille vers lui et croisa les bras sur sa poitrine. Un reflet de lui.

— Je veux aller chez Nâinai et Yéyé, mais je veux rester ici avec Madison aussi.

— Je sais. Seulement, tes grands-parents attendent avec impatience de passer du temps avec toi.

La lèvre inférieure de Talia trembla, et elle soupira vigoureusement.

— Je suis contente de rester avec eux, mais j'ai envie de pleurer.

— Oh, ma puce.

Ryan l'attira dans ses bras et la serra fort. Talia

l'adolescente approchait. Il aurait besoin d'une intervention divine pour survivre à la tempête qui approchait, et cependant il était impatient.

Découvrir quelle adulte deviendrait cette enfant au cœur tendre et pourtant hardie le ravissait.

Quand Madison et lui se préparèrent à quitter Black Diamond, la fillette souriait de nouveau. Il remarqua qu'elle les étreignit, Madison et lui, tout aussi longuement et de manière possessive avant qu'ils ne partent.

Il était d'accord. Laisser Madison partir quand il serait temps serait l'enfer pour Talia et lui.

Ryan et Madison retournèrent à Heart Falls et plongèrent dans une foule nocturne très dense et enthousiaste au Rough Cut.

Puisqu'il n'avait pas à aller chercher Talia, le dimanche devint une journée de rattrapage. Madison disparut pendant quelques heures avec ses nouvelles amies. Quand elle revint, ses joues étaient rougies par le froid.

Elle avait aussi une boule de neige cachée dans la main qu'elle lui fourra à l'arrière de son pull quelques secondes après être revenue dans la maison.

Ryan se vengea en la déshabillant sur place et en la prenant sur le sol du salon. Leurs rires se transformèrent en gémissements et en cris de plaisir qui ricochèrent contre les murs de la maison.

Ryan l'avait dans son lit, et dans ses bras, à la moindre occasion puisqu'ils n'avaient pas à s'inquiéter que Talia les surprenne.

Le sexe était incroyable, mais curieusement, Ryan se retrouva simplement à enlacer Madison pendant de longs instants. Il s'approchait derrière elle dans la cuisine. Il l'interrompait alors qu'elle enfilait son manteau. Il se plaçait en position de cuillère au lit, leurs jambes entremêlées. Comme si engranger les souvenirs du lien entre eux pouvait l'aider d'une manière ou d'une autre à survivre une fois qu'elle serait partie.

Une douzaine de fois, il avait ouvert la bouche pour demander si elle envisagerait de changer ses projets, de rester dans le coin au lieu de déménager à l'autre bout du pays.

Chaque fois, il s'interrompait. Ce ne serait pas bien. Elle l'avait déjà fait sans que personne ne le lui demande. Elle avait simplement abandonné tout ce pour quoi elle travaillait par générosité envers les autres, et même si elle avait dit que c'était ce qu'elle voulait vraiment, il refusait de la remettre dans cette position.

Il plaça le pull moche dans la boîte à chips sur l'étagère du haut dans le placard du garde-manger, dans l'espoir d'une dernière découverte pleine de rires avant qu'elle ne leur dise au revoir.

Une dernière tentative pour leur douce et folle tradition, et il laissa la tristesse monter mais se sentit content de faire ce qui était juste. Elle lui manquerait. Elle manquerait à Talia. Mais Madison méritait une chance de s'épanouir.

Le lundi, il était de service de jour à la caserne. Madison ne s'était pas joint à lui, cette fois. Ryan devait admettre qu'il s'était levé du pied gauche. C'était incorrect de plus d'une manière.

Il avait eu du temps seul avec Madison, et pourtant il était là, comme un ours mal léché qui se serait fait voler son miel. Ce n'était pas normal.

Alex traversa la grande salle commune de la caserne, lui lança un coup d'œil, puis s'affala sur la chaise à côté avec un grand sourire.

— Tu as eu un morceau de charbon dans ta chaussette de Noël ?

Ryan cilla.

— Quoi ?

— C'est si triste.

Secouant la tête, Alex se leva et alla vers le frigo, revenant avec deux bouteilles d'eau. Il en déposa une devant Ryan, puis ouvrit la sienne et prit une longue gorgée avant de pointer le goulot vers Ryan.

— Tu n'as pas de chance.

D'accord, maintenant Ryan allait dépasser le stade de grincheux pour aller tout droit à celui d'énervé.

— Arrête avec les conneries énigmatiques.

— Hé, inutile d'être désobligeant. Je suis sérieux. Même si je suppose que la phrase devrait en fait être *tu as de la chance*.

— Alex, je vais t'en coller une.

Ryan l'avait dit d'un ton aussi sec que possible alors même qu'il se demandait si, pour une raison ou une autre, une franche bagarre ne serait pas ce dont il avait besoin en cet instant.

L'expression de son ami changea. L'amusement s'effaça et céda la place à... de la confusion.

— Dis-moi que tu es plus malin que ça. Dis-moi que tu n'ignores pas que tu es amoureux de Madison.

Une toux sèche s'échappa de la gorge de Ryan.

— Pardon ?

— Tu sais, la rousse pulpeuse qui te suit comme ton ombre depuis un mois ? La femme de ton passé qui illumine chaque journée. Patati, etc., bla-bla-bla.

Si sa bouteille d'eau avait été légèrement plus vide, Ryan l'aurait lancée à la tête d'Alex.

— Arrête avec ces bêtises. Madison et moi ne sommes pas amoureux.

— Désolé, ce ne sont pas des bêtises, répondit Alex en haussant les épaules. Tu n'es pas aussi doué que ça comme acteur. Je sais que vous vous envoyez en l'air depuis au moins deux semaines. Tu te promènes avec un sourire permanent au lieu d'être Monsieur Calme, Cool et Mesuré.

Ce n'était pas les affaires de son ami, mais allez savoir pourquoi, Ryan devait admettre que c'était en partie vrai.

— Oui, nous couchons ensemble. Le sexe est super entre nous, ce qui, me semble-t-il, n'est pas le cas pour *toi* en ce moment.

— Ouille, coup bas, mec.

Mais Alex affichait toujours un grand sourire.

— Alors les hormones bondissent suffisamment pour te faire ignorer ce qui s'est produit d'autre pendant que tu étais autrement occupé... et tu peux prendre cet *occupé* de la manière dont tu veux.

— Nous ne sommes pas amoureux, insista Ryan, vraiment exaspéré désormais. L'amour frappe fort et vite, ça te fait planer et tourner la tête...

Alex le coupa d'une explication moqueuse.

— Tu as de la chance de ne pas t'être fait renverser par une voiture si c'est ce que tomber amoureux t'a fait la première fois.

— Il n'y a rien d'autre que la première fois, répéta Ryan. C'est ce que je te dis.

— Ouais, c'est ça.

Alex lui lançait un regard noir désormais.

— Tu sais quoi ? continua-t-il. Mens-toi autant que tu veux, mais peut-être que tu devrais penser à Madison. Étant donné qu'elle est censée être ta meilleure amie, tu ne devrais vraiment pas la traiter comme ça.

— Je ne suis pas amoureux...

Ryan s'interrompit en plein milieu de son cri. Parce que oui, c'était grave à ce point. Il criait sur un ami alors que, en son for intérieur, ses tripes se tordaient et que tout ce qu'il voulait, c'était prendre Maddy dans ses bras et lui dire de rester avec lui. Tout ça le fichait en l'air à l'intérieur, mais d'une manière ou d'une autre, Madison et lui trouveraient une solution.

Bon sang. Ryan avait énoncé ces derniers mots à voix haute,

et maintenant Alex le regardait fixement. Son visage avait vraiment un air de jugement.

— Ha... difficile de trouver une solution quand cette femme s'en va à deux mille kilomètres de toi.

La compassion se lut sur le visage d'Alex. Il leva le menton.

— Hé. Je suis désolé. Peut-être que je capte quelque chose qui n'est pas là parce que je sais que *je* ne peux rien démarrer en ce moment avec quelqu'un qui m'intéresse. Qui m'intéresse tellement que j'espère que ça pourrait durer une éternité, mais j'ai les mains liées. Pas toi.

Le changement suffit à faire tomber le déni de Ryan et à l'envoyer dans une spirale de vérité. Il savait qu'il voulait que Madison reste. Il se l'était admis à lui-même.

Était-ce... *de l'amour* ?

Alex se racla la gorge.

— Eh bien, maintenant que j'ai fermement mis les deux pieds dans le plat, laisse-moi en finir. Peut-être que tu ne sais pas que tu es amoureux. Peut-être que tu ne sais pas si elle est amoureuse de toi, mais une chose ne peut pas être ignorée. Il est plus facile de résoudre ce truc quand vous êtes dans le même coin du pays.

Son ami se leva, marqua une pause assez longue pour poser une main sur l'épaule de Ryan et la serrer fermement avant d'aller à l'arrière de la caserne.

Ryan n'arrivait pas à bouger. Était-il... *amoureux*... de Madison Joy ?

Il secoua la tête. Impossible. Il était déjà tombé amoureux, et ça n'avait pas du tout été comme ça. Cette fois, il n'y avait eu aucun élan d'énergie, aucun bredouillement ni nulle envie de la regarder dans les yeux à tout instant...

Ce n'était pas la même chose qu'avec Justina. Peut-être qu'il devrait demander à Madison si elle savait...

Ryan s'écroula sur sa chaise. C'est ça. Demander à Madison. Son premier réflexe n'était pas une bonne idée.

La sirène se déclencha au-dessus de lui, et tous les dilemmes furent écartés dans la précipitation d'une réponse urgente.

Les heures passèrent pendant qu'ils travaillaient pour contenir le feu dans un ranch à proximité. La dépendance qui s'était enflammée était vieille et fragile, et bien trop proche de la nouvelle grange pleine d'animaux.

Un vent glacé et un camion pompe avaient engagé une bataille glaciale, mêlée à une chaleur infernale, alors que les pompiers se déplaçaient entre les flammes et l'extérieur, aidant les propriétaires à mettre les animaux hors de danger.

Ryan n'avait pas le temps d'être distrait, mais étrangement, le calme qu'il ressentait chaque fois qu'il imaginait Madison à la maison, à l'attendre, fut ce qui arriva à pénétrer sa tête dure.

Ce n'était pas un amour étourdissant et pétillant comme la première fois, mais c'était certainement plus que de l'amitié.

À l'instant où il rentra à la caserne, il attrapa son téléphone.

Un message vocal de Madison l'attendait. Que cela vienne du téléphone de celle-ci ou de la réception, le message était pourri.

— ... problèmes. Ne t'inquiète pas, je vais prendre... prendre la route maintenant. J'ai entendu parler de l'incendie... plus tard.

Ryan regarda fixement le téléphone, stupéfait. Prendre la route ? Elle partait maintenant ? *Qu'est-ce que c'était que ça ?*

Il passa à côté d'Alex.

— Désolé. Je ne peux pas rester pour le nettoyage. Je dois y aller.

— Euh, commença Alex en lui attrapant le bras. Hé, tout va bien ?

— Non, mais ça ira.

Il le fallait.

Ryan essaya d'appeler trois fois sur le chemin du retour, et chaque fois il tomba sur la messagerie et raccrocha.

La voiture de Madison n'était pas dans l'allée. Putain. Elle n'était pas censée partir avant des jours. Comment était-il censé arranger ça si elle n'était pas là pour l'aider ?

Tirant brusquement le frein à main, il l'appela de nouveau, mais cette fois il laissa un message.

— Maddy, quand tu écouteras ça, rappelle-moi. Je sais que tu as des projets, mais je t'aime.

Il émit un rire moqueur dans le téléphone.

— Et c'est moi qui suis très subtil en lâchant ces mots, mais c'est vrai. Appelle-moi quand tu te seras arrêtée pour la nuit. Laisse-moi venir te rejoindre pour que nous puissions parler. S'il te plaît, laisse-moi trouver un moyen de faire en sorte que nous puissions être ensemble et que tu puisses encore réaliser tes rêves. Je t'aime, Madison Joy. J'ai besoin de toi dans ma vie.

Il ne voulait pas raccrocher. Il resta là à fixer le téléphone jusqu'à ce que le message cesse d'enregistrer.

D'une manière ou d'une autre, il rejoignit la porte d'entrée, l'ouvrit et...

— Papa !

Talia le percuta comme une bombe, le serra fort, puis recula avec un petit cri de dégoût.

— Tu sens mauvais.

— Ça va ?

C'était Madison.

C'était... *Madison* ?

Elle était là dans le vestibule, des chaussettes violet vif aux pieds, le pull moche sur elle. Toute la maison était illuminée et sentait les épices de tarte à la citrouille.

Ryan l'embrassa. Il l'attrapa par la main, l'attira

brusquement contre lui et mit tout ce qu'il ressentait – même s'il ne pouvait pas le nommer – dans ce geste.

Juste devant Talia, qui gloussa follement.

Quand il la lâcha enfin, Madison le regarda avec prudence. Ses yeux filèrent vers Talia, puis revinrent sur lui avant qu'elle ne plisse le nez.

— Tu sens vraiment mauvais.

Oh Seigneur. Il sentait un rire monter dans sa gorge parce qu'elle était encore là, mais...

— Que s'est-il passé ? Pourquoi est-ce que Talia est à la maison ?

— Yéyé est tombé malade, papa, répondit Talia en glissant sa main dans la sienne et la tirant pour attirer son attention. Madison est venue me chercher.

— Je t'ai laissé un message, dit Madison. Ton père va bien. Sa pression sanguine est montée ou un truc comme ça, alors ils voulaient le garder à l'hôpital pour la nuit en observation. Ta mère a appelé et m'a demandé si je pouvais venir chercher Talia. Elle va bien, mais ne voulait pas avoir à s'inquiéter de Talia en plus de ton père. Je lui ai proposé de rentrer avec nous, mais elle voulait rester près de lui.

Le cœur de Ryan revenait lentement à la normale. Il tenait la main de Talia et son bras entourait encore la taille de Madison.

— O.K. O.K.

— Tu devrais prendre une douche, dit Madison en l'encourageant à aller vers sa chambre. Vraiment.

— Pas tout de suite.

Il allait se lancer maintenant avant de rater sa chance.

— Talia, je dois parler à Madison. Peux-tu aller jouer un petit moment ?

Sa fille leva les yeux vers eux, les examina un instant, puis demanda :

— Est-ce que tu vas encore l'embrasser ?

Madison leva les yeux au plafond, les lèvres pincées comme si elle s'efforçait de ne pas rire.

— Parce que si tu veux l'embrasser, tu dois vraiment te doucher d'abord. C'est ce que dit la maman de Crissy quand son papa rentre après un feu.

Talia avait parlé franchement, puis avait filé en douce du salon et était retournée construire le puzzle 3D sur lequel Madison et elle se concentraient à l'évidence en attendant qu'il rentre chez lui.

C'était ça. C'était *son chez-lui*, pas parce que c'était là qu'il vivait, mais parce que c'était là que se trouvaient Talia et, désormais, Madison.

S'il pouvait la convaincre de rester.

Que ce soit bien ou mal, il ne reculerait pas. D'une manière ou d'une autre, il trouverait un moyen de la rendre heureuse.

Ryan tira Madison vers le couloir, s'arrêtant bien en vue de sa fille.

— Je dois taquiner mon chef sur ce qui est dit devant de petites oreilles.

— Tu m'as *embrassée*.

Madison ignora son commentaire impertinent et alla vers le sujet principal.

— Que se passe-t-il ? demanda-t-elle.

Il n'hésita qu'une seconde avant de sauter à l'eau.

— Tu es ma meilleure amie, et tu trouves toujours un moyen de réparer ce qui est cassé. J'ai besoin de ton aide.

Elle fronça les sourcils.

— Qu'est-ce qui s'est cassé ?

— Moi ? Peut-être ?

Ryan prit ses doigts et les plaqua contre son torse.

— Je ne sais pas comment te dire ce que je ressens sans

risquer de faire foirer tes projets. Et je ne voudrais pas être le gars qui a volé tes rêves.

Les joues de Madison rosissaient.

— Que ressens-tu ?

— De la confusion, mais j'ai été informé que tous les signes sont là.

Ryan inspira profondément.

— Je suis amoureux de toi, Madison Joy.

Elle écarquilla les yeux, et son sourire, pas simplement ses lèvres mais tout son visage et son corps, brillaient de joie.

— C'est très pratique, parce qu'il se trouve que je suis amoureuse de toi aussi, Ryan Zhao.

Un petit corps les percuta. Talia n'était plus de l'autre côté de la pièce, mais s'accrochait aux jambes de Ryan et de Madison.

— Est-ce que Madison reste ? Est-ce que tu restes ?

Les mots étaient étouffés, parce que Talia appuyait son visage contre eux, mais suffisamment distincts.

Ryan commença :

— Nous n'avions pas fini de parler...

— Oui, je reste.

Madison se pencha, étreignit Talia et lui déposa un baiser sur le nez.

— Maintenant, s'il te plaît, ton papa et moi avons besoin d'un moment pour discuter entre adultes. Je te promets que nous te dirons tout ce que tu dois savoir une fois que nous aurons terminé.

— D'accord.

Talia passa les bras autour de Madison, l'étreignant à l'en étouffer.

— Je suis contente que tu restes, ajouta-t-elle.

Quand ils furent de nouveau seuls, Ryan attira Madison

contre lui. Il n'avait pas le choix, il devait simplement la prendre dans ses bras.

— Tu as un travail qui t'attend, lui rappela-t-il.

— C'était un job qu'ils m'ont donné parce que le dernier a disparu. Je ne mourais pas d'envie d'y aller ou de suivre une opportunité de rêve. Je t'en expliquerai davantage, mais je suis presque sûre que je peux convaincre le barman du coin de m'engager, *si* je décide que c'est ce que je veux faire.

Madison lui caressa le torse des deux mains comme si elle était incapable de croire qu'ils étaient là, à s'enlacer.

— Je croyais que tu voulais un nouveau départ. Une toute nouvelle vie.

Elle se mit à rire doucement et secoua la tête.

— Qu'est-ce que tu crois que c'est ? Tomber amoureuse de toi, emménager à Heart Falls. Me faire des amis, t'aider à élever Talia. Ce sont toutes de nouvelles aventures merveilleuses que je *veux* vivre. Des choses parfaitement ordinaires qui sont extraordinaires, parce que c'est ce qu'il me faut. Ce qu'il nous faut.

— Vraiment ?

— Vraiment.

Elle se mit sur la pointe des pieds et lui déposa un baiser sur les lèvres.

— S'il te plaît, va te doucher.

Il lui lança un grand sourire.

— Désolé.

17

Cette nuit-là, une fois que Talia avait été convaincue que dormir n'était pas une activité en option, Ryan mena Madison dans sa chambre et ferma la porte à clé.

Elle le regarda. Il semblait qu'une fois qu'il s'était décidé, il était capable d'être très résolu. Malgré tout...

— Non.

Il l'emmena près du lit. Celui qu'il s'avérait qu'elle avait acheté pour *eux*.

— On n'attend pas. Talia est assez grande et a assez d'amis avec deux parents pour savoir que des gens qui s'aiment *dorment* ensemble.

— Pas de problème. Juste une info : les questions sur *dormir ensemble* vont devenir plus explicites durant les prochaines années, et j'ai déjà expliqué la petite graine une fois. En double exemplaire.

Ryan se rapprocha et défit les deux premiers boutons de Madison.

— Alors tu seras une super assistante quand ce sera nécessaire.

À ce moment-là, Ryan n'avait besoin d'aucune assistance. Il prit son temps, les dénudant tous deux et faisant monter le désir entre eux. Elle avait joui une fois avant qu'il ne l'attire sur ses genoux et les unisse.

Intime. Voilà ce qu'était cet acte. Et il répondait aussi à un besoin tendre et salace, ainsi qu'à une confiance totale. Et au cœur de tout ça, toujours, une amitié rieuse.

Le plaisir augmenta alors que Ryan les faisait rouler sur le matelas et s'enfonçait encore en elle. Madison s'agrippa aux draps et laissa échapper un doux gémissement.

— C'est si bon, souffla-t-il doucement avant de marquer une pause dans leurs ébats. Oh, bon sang, c'est *trop* bon.

Son regard ne quitta pas le sien, mais la tension sur son expression annonçait qu'il était à la limite. Elle aussi. Madison se resserra autour de lui et le regarda basculer. Un instant plus tard, elle le rejoignit, la jouissance se diffusant en elle. C'était son meilleur ami, son amant.

Son amour.

Ils finirent sur le dos, les draps en pagaille. La couette était sur le sol, le drap du dessus à peine retenu à un coin du matelas.

Leurs doigts étaient entrelacés.

Madison roula sur le côté, admira la beauté de l'homme mince et musclé avec qui elle prévoyait de passer le reste de sa vie.

Ce n'était pas le plan officiel quelques heures auparavant.

Elle passa une main sur sa cuisse dure. Parce qu'elle en avait envie, parce qu'elle en avait le droit.

— Il y aura beaucoup à faire demain. Prends des nouvelles de ton père. Je vais devoir appeler mon boulot et leur dire que je démissionne.

— Je dois parler à mes deux parents. Et à ta mère. Et à tes frères.

— Que sommes-nous censés leur dire ?

— Que nous sommes follement amoureux et que nous allons nous marier, alors qu'il faut arrêter une date.

Madison cilla.

— Mariés ?

Le sourire de Ryan était légèrement arrogant et très satisfait.

— Quand c'est bon, c'est bon.

Eh bien, elle partageait cette opinion, mais...

Elle le regarda. Tout son corps sexy à peine couvert par le drap.

— Tu sais, parfois c'est une bonne chose de *faire sa demande* avant d'annoncer ça partout. Juste au cas où.

Ses doigts remontèrent le long de son bras nu, le dos de sa main caressant tranquillement un côté de son sein.

— D'accord. Tu as raison.

Elle attendit, mais il ne dit rien d'autre.

Un grand sourire apparut sur le visage de Madison.

— Est-ce que tu veux que *je* te fasse ma demande ? Ou est-ce que tu vas préparer une soirée chic et la faire à ce moment-là ? Je me demande, parce que ce *d'accord* m'a un peu déconcertée.

Ryan attira ses doigts vers ses lèvres. Il embrassa ses phalanges puis parla doucement :

— Cette saison des fêtes a enchaîné une révélation après l'autre pour moi, et j'ai besoin que tu saches que je t'en suis reconnaissant.

— Est-ce que nous parlons toujours de nous fiancer ?

— Un peu.

Il se redressa et l'entraîna avec lui, leurs mains unies. Toujours nus, comme les vérités qu'ils partageaient.

— Je pensais que les traditions étaient ce qui nous rendait heureux. Mais tu nous as tellement aidés en semant la pagaille dans les traditions à tous les niveaux...

Elle avait envie de rire, mais l'expression de Ryan était si sérieuse qu'elle se retint.

Ryan secoua la tête et leva la main, deux doigts en l'air.

— D'un seul coup, tu as combiné un récital de ballet et une levée de fonds. *Pas si casse-noisette* était parfait pour notre communauté et a rapporté beaucoup d'argent en peu de temps. Le Fond de l'espérance est rempli pour l'année à venir parce que tu as semé la pagaille dans la tradition.

Il leva un autre doigt.

— La fête d'anniversaire pas traditionnelle de Talia. J'ai plus apprécié notre Noël fête d'anniversaire cette année que n'importe quand depuis la naissance de Talia.

Un autre doigt.

— Tu m'as fait acheter un lit.

Cette fois, son rire échappa à Madison.

— Les lits ne sont pas traditionnels ?

— En fait, c'était l'inverse. Ce sur quoi je dormais *n'était pas* traditionnel. Ce lit une place a été ce qu'il me fallait pendant longtemps. Mais c'est là que je dois te faire un aveu.

Il croisa son regard.

— Je pense qu'une des raisons pour lesquelles je n'ai jamais pris de nouveau lit, c'était parce que j'aurais dû passer à autre chose. Est-ce que je voulais un endroit où ramener une amante ? Un amour potentiel ? Je n'étais pas prêt.

Maintenant, elle était partagée entre le rire et les larmes.

— Justina fera toujours partie de nos vies.

— Une bonne partie, acquiesça-t-il. Mais elle serait la première à me dire que c'est sur *toi* que je dois me concentrer désormais. Vivante, et sexy, et si prête à donner aux autres... tu me donnes de l'espoir.

Cette déclaration fit battre le cœur de Madison.

Elle lui attrapa les mains et déposa un baiser sur ses doigts.

— Mon accord de confidentialité... si toi et moi sommes

officiellement un *nous,* je peux te le dire maintenant. J'ai surpris mon boss à détourner des fonds. J'ai trouvé un moyen de le faire savoir au propriétaire du bar, ce qui a déclenché un tas de trucs qui signifient essentiellement que le P.-D.G. m'a donné mon préavis, plus trois mois de salaire et un boulot à Toronto.

— Il te sortait des projecteurs ?

— Il ferme l'établissement pour six mois et recommence avec une toute nouvelle équipe.

— Waouh.

Ryan était totalement ébahi.

— N'est-ce pas ? Les gens riches font des drôles de trucs.

Il fallait qu'elle le dise :

— Et les gens solitaires des trucs qui ne peuvent pas continuer. Pas si nous voulons arranger tout ce qui ne va pas dans leur vie.

Il hésita.

— D'accord ?

Elle frôla ses lèvres des siennes pour apaiser la piqûre des mots qu'elle devait encore prononcer. Ce qui lui avait semblé décalé, quand elle avait essayé de comprendre la vie de Ryan, était enfin devenu clair.

— Tu n'as pas acheté de nouveau lit parce que tu n'étais pas prêt à passer à autre chose. Et tu as rempli tes journées d'activités que tu aimes, mais au point qu'il n'y a pas de place pour remarquer à quel point ta vie est silencieuse.

— Est-ce que tu t'es déjà trouvée près de ma fille ? *Silence* n'est pas le mot que j'utiliserais.

Mais il hocha la tête, la compréhension s'étant fait jour.

— Avoir deux boulots à plein temps ne fonctionnera plus, n'est-ce pas ? Je veux passer du temps avec toi, Talia, et en tant que famille.

La paix envahit Madison. *Enfin.* De plus, c'était à son tour de le dire.

— D'accord.

Il lui lança un grand sourire et l'attira vers lui.

Madison le retint.

— Alors pouvons-nous retourner à ton commentaire, *marions-nous ?*

— Si nous décidons que c'est bon. L'essence de mon être élevé dans la tradition dit oui, mais je ne t'aimerai pas moins si nous évitons la cérémonie. Nous devrions choisir les aspects du mariage que nous voulons et les célébrer avec joie. Nous trouverons comment devenir une famille de la même manière. Mon travail, le tien. Ce que nous ferons au final pourrait ne pas être identique aux autres familles, mais ce sera ce qui est bien pour nous et c'est ce qui compte.

Cela semblait parfait à Madison.

— Défie les traditions, mais ne les rejette pas sans les remplacer par quelque chose de mieux.

Elle se pencha vers lui, réclamant un autre baiser.

— Je pense que nous pouvons y arriver, ajouta-t-elle.

— Je sais que nous le pouvons, déclara Ryan en la faisant rouler sous son corps, son sourire redoublant. Nous sommes des personnes ordinaires qui font des choses extraordinaires. Cela fait de nous les héros de nos propres histoires.

Elle ricana.

— C'était vraiment ringard.

— Mais quand même vrai.

Ryan se pencha et l'embrassa. La seule chose sur laquelle elle était complètement d'accord ?

C'était que leur futur serait extraordinaire.

ÉPILOGUE

15 novembre, un an plus tard.

Alex Thorne s'assit sur une chaise dans le petit café dans la ville dans laquelle il avait grandi. Après une profonde inspiration et une expiration encore plus profonde, il relâcha ses épaules et tendit la main vers son café.

Il pouvait enfin rentrer chez lui. Son *nouveau* chez-lui.

Alex ne regrettait pas d'avoir couru à la rescousse de sa famille. Il regrettait bien d'avoir laissé Yvette à Heart Falls sans lui dire quoi que ce soit sur ce qu'elle représentait pour lui. Ce qu'il *espérait* qu'elle pourrait représenter pour lui.

Maintenant, après une très longue absence, il allait retourner à Heart Falls dans deux semaines. Juste à temps pour les fêtes, ce qui voulait dire que c'était un moment parfait pour passer à la suite en ce qui concernait Yvette aussi.

Avec son retour imminent, préparer le terrain semblait prudent. Il avait été en contact avec ses amis à la caserne et à Silver Stone pendant les mois écoulés. Aucun d'eux n'avait mentionné qu'Yvette se soit engagée avec quelqu'un d'autre.

Bon sang, Ryan l'avait carrément tenu au courant régulièrement, habituellement sur un ton qui disait implicitement *bouge tes fesses avant de la perdre* dans ses messages.

Alex ne savait pas pourquoi il était tellement obsédé par Yvette, mais il avait abandonné l'idée d'essayer de se convaincre de chercher ailleurs. Tout comme son père avant lui, il semblait qu'Alex était tombé amoureux et cela ne changerait pas.

Même s'il ne voulait pas paraître louche, il prévoyait de convaincre Yvette qu'ils étaient faits l'un pour l'autre. Ce qui requérait de trouver un moyen qui ne paraîtrait pas louche de lui annoncer qu'il revenait et qu'il venait la chercher...

Ouais, non. Ça paraissait toujours louche. Alex laissa tomber sa tête entre ses mains et marmonna d'agacement.

Il remarqua un étalage de cadeaux de Noël sur une étagère à côté, et lentement une idée grandit...

Yvette Wright franchit la distance jusqu'à sa boîte à lettres, son attention partagée entre le texto sur son téléphone qui venait de son travail à la clinique vétérinaire et l'e-mail des nouvelles de la résidence pour seniors de ses grands-parents.

Elle fourra délibérément son téléphone dans sa poche et se força à regarder autour d'elle et à profiter de la mordante journée hivernale. Le mois de décembre approchait, et tôt ou tard, elle devrait se mettre dans l'esprit des fêtes.

Son projet de s'installer à Heart Falls avait été couronné d'un immense succès à bien des égards. Elle adorait travailler avec Josiah à la clinique pour animaux de Heart Falls. Elle avait été bien accueillie par les ranchers du coin... ce qui n'arrivait pas toujours quand de vieux mecs de la communauté agricole interagissaient avec une femme plus jeune qui leur faisait dépenser de l'argent.

Ses grands-parents l'avaient accueillie à bras ouverts, et même si son grand-père devenait de plus en plus fragile et distrait, Yvette était contente de pouvoir être là avec eux.

Elle avait des amies et des activités de bénévolat... mais elle se sentait seule.

Yvette passa automatiquement en revue les enveloppes dans sa boîte aux lettres. Des factures, des flyers, ce qui ressemblait à quelques lettres de Noël trop empressées. Un bon moyen de donner l'impression aux autres qu'ils étaient des fainéants. L'une venait probablement de... Oui, voilà : postée par sa sœur.

Et une enveloppe, très grande et volumineuse. Comme celles avec du papier bulle pour protéger le contenu. Elle lui était adressée avec une écriture élégante. De la part de...

Alex Thorne ?

Qu'est-ce que c'est que ça ?

Elle avait pensé au cow-boy bourru plus souvent qu'elle n'aurait dû au cours des mois passés. Ce constat était agaçant, c'était le moins qu'on puisse dire. Ils ne s'étaient jamais entendus, ils se disputaient tout le temps...

Elle avait été terriblement attirée par lui et avait lutté pendant tout ce temps.

Que lui envoyait-il ?

La curiosité l'emporta, et elle s'arrêta ici même, sur la route recouverte de neige, pour déchirer le haut de l'enveloppe et jeter un coup d'œil à l'intérieur. Pas de papiers.

Elle la renversa, et un petit objet brillant tomba dans sa main. Un porte-clés avec une petite clé et un disque en carton. Le sapin de Noël décoratif au bout de la chaîne était décoré de petites gemmes étincelantes. C'était mignon, c'était fantaisiste.

Cela la fit sourire et elle secoua la tête. *Alex, qu'est-ce que tu manigances ?*

Il y avait un court message écrit à la main sur le disque.

1er *décembre. Au Buns and Roses, à midi.*

Heart Falls. Cette petite ville du centre de l'Alberta, au Canada, est nichée dans un paysage vallonné, avec les Rocheuses majestueuses à l'ouest, et des kilomètres de ranch à l'est. La plupart de ses habitants y vivent depuis plusieurs générations ou cherchent un nouveau départ loin de leurs anciennes habitudes.
Heart Falls est l'endroit parfait pour que l'amour vienne frapper à la porte, emportant tout le monde dans son sillage. Chacun de ces tomes peut se lire indépendamment des autres. Ils sont tous légers, romantiques et piquants, écrits avec amour pour ceux qui aiment s'évader avec une belle histoire pendant les vacances d'hiver.

Noël à Heart Falls
Tome 1: Le Joyeux Noël du pompier
Tome 2: Le Vœu d'un soldat
Tome 3: L'Espoir du héros
Tome 4: Un rêve de cow-boy
Tome 5: Baiser pour un rancher

Vivian fait actuellement traduire ses nombreuses séries. Merci de consulter son site web pour toutes les dernières informations.
www.vivianarend.com/fr

À PROPOS DE L'AUTEUR

Avec plus de 3 millions de livres vendus, Vivian Arend est une auteure de best-sellers figurant aux classements du New York Times et de USA Today. Elle a écrit plus de 70 romances contemporaines et paranormales.

Ses livres sont des romans intégraux qui peuvent se lire indépendamment de toute série et ne se terminent pas sur un suspense. Ce sont des histoires pleines d'humour et d'émotions, avec des moments sensuels et des fins heureuses. Vivian estime avoir le plus beau métier au monde. Elle habite en Colombie-Britannique, au Canada, avec son mari depuis plusieurs années (l'inspiration de chacun de ses héros et un compagnon volontaire pour toutes sortes d'aventures).

NOTES

Chapitre 6

1. NdT : *Folk* signifie « personne », ce qui désigne ici des toilettes non genrées, contrairement aux précédentes.

Chapitre 7

1. NdT : Jeu de cartes, qui se joue à deux ou trois, où il faut atteindre 121 points en faisant le tour d'une planche dite « de cribble ».

Chapitre 15

1. NdT : Dessert populaire aux États-Unis et au Canada, composé d'une guimauve grillée et d'un carré de chocolat entre deux biscuits.

www.ingramcontent.com/pod-product-compliance
Lightning Source LLC
Chambersburg PA
CBHW032033310726
48972CB00002B/647